AF192650

Primera edición marzo 2026

© Ana Patricia Moya
© Prólogo: Ramón Bascuñana
© Epílogo: Julia Navas
© de esta edición, Editorial Páramo
www.editorialparamo.com
editorialparamo@gmail.com
Coordinación: Javier Campelo Bermejo

ISBN: 979-13-991217-4-2
Núm. DL: VA 62-2026
Impreso en España – Printed in Spain
Impreso en Ulzama

Queda rigurosamente prohibida, sin la autorización escrita de los titulares
del Copyright, la reproducción total o parcial de esta obra por cualquier
medio o procedimiento. Diríjase a CEDRO (www.cedro.org) si necesita
fotocopiar o escanear algún fragmento de esta obra.

FÁBULAS URBANAS

Ana Patricia Moya

FÁBULAS URBANAS

Ana Patricia Moya

editorial
PÁRAMO

PRÓLOGO

la oveja negra

Contar una historia es tratar de entender el mundo
A. Chéjov

No existen normas para escribir un relato, un buen relato, aunque un buen relato debe ser un mecanismo de relojería perfectamente engrasado. Menos todavía para escribir un microrrelato, un buen microrrelato, y ninguna para escribir un prólogo, cualquier prólogo. A mí me gustan los prólogos largos y los relatos cortos. Como en los actos de corte erótico, los preliminares largos y el acto breve y contundente. Para leer un relato largo, que es un quiero y no puedo, me leo una novela. Me debato entre escribir un prólogo largo para un libro de relatos breves o escribir un micro prólogo, ya que, como bien se sabe, lo breve si breve dos veces mejor. No sé. Suelo saltarme las normas incluso las que no me impongo.

Lo cierto es que este breve libro de buenos relatos breves *Fábulas urbanas*, de Ana Patricia Moya, se lee en un suspiro y, luego, una vez leído y digerido, te hace pensar. Eso es una ventaja. Hoy la literatura no se escribe para hacer pensar a quien se digne en posar sus ojos sobre ella, no sea que lo espantemos. Se escribe para lo contrario. Para no hacer pensar, para entretener al lector, para alejarlo de sus problemas, para aletargarlo. Como esa comida basura que aplaca el hambre y la entretiene, pero no la sacia. Muchas calorías y poca sustancia. Pan para hoy y hambre para mañana. Es una literatura que no alimenta, escrita para convertir al lector en uno más de la manada de ovejas. Y no he dicho rebaño conscientemente. Queda bien denominar manada de ovejas a lo que no es sino un rebaño de borregos. Se intenta dar la sensación de que se forma parte de un grupo poderoso, de una manada de lobos que comparten idénticos intereses literarios porque han leído la misma porquería envuelta en el celofán de algún premio considerado importante. La mala literatura parece que se digiere pronto, pero en el fondo es indigesta, provoca vómitos y transforma a quien la lee en una servil manada de ovejas versus rebaño de borregos. El poder es así, y el mundo literario es una trasposición perfecta del mundo político y social.

Algunos libros parecen llevar una faja que dice: se buscan lectores con pensamiento plano. Lectores sin sentido crítico, tal y como los políticos buscan votantes que bordeen el grado de inteligencia racional. Cuantas más ovejas con su pareja, mejor. Pero hete aquí que a veces salta la sorpresa y aparece una oveja negra: Ana Patricia Moya es una de esas sorpresas. Sus poemas y estos relatos atestiguan que ha nacido para transgredir la norma, para no seguir la senda trillada, para romper los moldes y construir un discurso propio, a la contra, alejado de las mediocridades y banalidades que se publican como si fuesen rosquillas en serie o croquetas en serie o hamburguesas en serie. Iba a poner "hamburgueses" de clase media en serie, pero de eso ya no hay.

Ser una oveja negra literaria implica parir tus obras con dolor y sin saber si las vas a poder colocar en una editorial adecuada. Es escribir a contracorriente, en una postura incómoda, como si estuvieras jodida por la vida. Perdón por la rima. Es escribir no buscando la perfección sino la intención. Ya lo dijo Rafael Argullol: "la perfección en sí misma es estéril".

Los relatos breves, a veces microrrelatos, de Ana Patricia Moya buscan meter el dedo en la llaga o en la herida, sobre todo social y económica. Porque somos animales sociales y económicos y esa es nuestra circunstancia. La circunstancia de la que hablaba Ortega y Gasset. Estos relatos son bombones, pero envenados. Te los tragas con facilidad, pero tienen efectos secundarios. Son como la vida misma: golpean. Con insistencia, con contundencia. Con desesperación. Sin anestesia. Porque la autora sabe que la literatura, con mayúsculas o con minúsculas, no cambia nada, no va a cambiar nada; porque el mundo cultural es una fotocopia borrosa de la sociedad y como en esta, los que están arriba, los afortunados, los elitistas, los consagrados, difícilmente van a ayudar a hacerse un hueco a los de abajo por mucho talento que tengan. Aquí, uno tiene que abrirse hueco a codazos y puntapiés, y a ser posible pisando algún callo y rompiendo algún hueso.

Estas *Fábulas urbanas* hablan de nuestro lugar en el mundo, de nuestro hueco en la sociedad, de lo difícil que es ocuparlo. De lo frágiles que somos. Y hablan de muchas cosas más: de la falta de tratamientos para la salud mental, del sexo como única alegría del pobre y de las consecuencias para el bolsillo y la natalidad de esa alegría, de la maternidad a tiempo completo, de para qué sirven los diplomas universitarios, de las oposiciones y los condones baratos, de la humillación de la derrota y la derrota de la humillación, de la musa poética de índole romántica, de la relación entre los desechos y los fetos, de los abrigos de piel de zorro y las malas apariencias, de la clase que se lleva por dentro, de los malos ejemplos que nos dan los cómics, de las abuelas, de los apartamentos, las esperas y las promesas, de las lecciones que jamás se aprenden y la eternidad de la poesía carnal, de las brujas con el corazón entre las piernas, de la causalidad entre las infidelidades y los libros, de jugar a ser rebelde solo cuando nos conviene, del futuro y la humanidad, de las bragas y la fuerza de la costumbre, del aburrimiento de no tener empleo, de que el show debe continuar para los que no tienen donde caerse muertos, de la gloria de los eternos secundarios, de la falsa correspondencia, de los cabeza de familia hechos y derechos, de patos y palomas y del secreto de la rutina del amor, de los estigmas, la hipocresía y las iglesias. Como pueden apreciar, estos relatos tratan un poco de todo y de todo un poco, pero sobre todo de esa parte de la sociedad desfavorecida y desahuciada, y lo hace para reivindicarla, para hacer una instantánea que deje constancia del horror de vivir al día y al borde del abismo.

En estos relatos, escritos a sangre y fuego o a cuchillo, hay una voluntad de molestar al lector acomodado y aburguesado, satisfecho de sí mismo. Porque para Ana

Patricia Moya, la literatura para ser constructiva debe ser primero destructiva. No se puede construir nada si antes no se ha destruido algo. Sus relatos son pequeñas bombas de relojería que estallan cuando los lees. Los mejores te vuelan la cabeza y te dejan sin aliento. Pero, lo mejor de todo, al volver sobre ellos, una sonrisa amarga y sarcástica aflora en tus labios.

Ramón Bascuñana

FÁBULAS URBANAS

De madrugada, te abraza la sombra de la hipoteca, y luego, tu chica, con esas ojeras que son idénticas a las tuyas: las huellas de la incertidumbre. El desayuno se te atraganta —solo galletas de un paquete caducado y pan tostado con mantequilla— por las confidencias en la ridícula cocina: se plantea la necesidad de formalizar burocráticamente que os queréis desde hace años en un juzgado —tu madre, tan tradicional, anhela como testigo de la unión un cura—, pero no hay dinero, no hay tiempo, no hay ganas. Tu pareja refunfuña al revisar el teléfono móvil: le toca lidiar con su empleo —fregar suelos para familias que racanean con su salario—, y tú te adosarás a un escritorio repasando temarios —para este año, ampliados para joder aún más la voluntad y el bolsillo—, durante horas, solo interrumpidas por las ganas de ir al baño o para beber refrescos energéticos o café para aguantar. Todo lo memorizado se agolpa en tu cabeza y te provoca una migraña que combates con pastillas; luego, tu estómago te avisa de que tienes cuarenta minutos exactos para almorzar algo, ducharte, arreglarte y volar hacia el bar donde haces equilibrios con la bandeja a cambio de unos euros y soportas las amenazas del propietario del negocio —"la cosa está muy mala": su pretexto favorito—. A las doce y media de la noche, con dolor de huesos —te ha tocado atender a los gañanes que han ido a ver el penúltimo partido de fútbol de la temporada— regresas al cubículo que llamas hogar y allí está tu novia, acurrada en el sillón, sollozando. Tembláis con la confesión "tengo un retraso". Y te cagas en los muertos de los condones baratos de los chinos y te vuelves creyente de todo el santoral, los mismos santos que adornan las estampitas que te regala la devota de tu abuela para que te ayuden a conseguir esa plaza de una puta vez. El disgusto os quita las ganas de cenar —tampoco hay gran cosa en la nevera— y os acostáis deprimidos, sin ganas de amor. La derrotada mujer con la que compartes cama desde la adolescencia, a tu lado, se duerme entre lágrimas; tú le agarras la mano con firmeza y la calidez te hace sentir un poco más humano. El miedo te lleva al insomnio, y del insomnio, a la reflexión: ¿vale la pena luchar? *Si quieres prosperar en la vida, estudia unas oposiciones.* La gran frase de los progenitores. Pero, como bien sabes desde que terminaste la licenciatura, no siempre los padres tienen razón.

maternidad

Recordó los meses que llevaba sin conciliar el sueño por culpa de aquella criatura que, sentada en su trona, golpeaba el plato de papilla con la cuchara de plástico. La madre, que mordisqueaba una tostada con desgana, se limitó a retirarle la comida y a ofrecerle, en su lugar, el biberón; pero el chiquillo, aún con ganas de juguetear, lo tiró de un manotazo. A cámara lenta, la mujer contempló como la leche se derramaba y trozos de vidrio se esparcían por el suelo de la cocina. Su paciencia se desbordó y, enojada, riñó al hijo, con el consecuente llanto desconsolado de este para su desesperación: otra vez esos desagradables berridos castigando sus tímpanos, otra vez. Exasperada, de un arrebato, sacó al crío de la trona y salió del apartamento, directa a llamar al timbre de la puerta de enfrente; nada más salir la vecina la recibió con un áspero "buenos días", sin mediar palabra alguna entregó el llorón a la señora y corrió en dirección a las escaleras que conducían a los pisos superiores; subió hasta llegar a la terraza, y allí agarró todo el aire que le permitieron sus pulmones y gritó, gritó mirando al cielo, entre lágrimas, hasta que sintió como la impotencia escapaba de su exhausto cuerpo. Quince minutos después, más serena, bajó para recoger al niño; allí permanecía la vecina, con el hijo, ya más calmado de la rabieta, entre sus brazos, tan petrificada por la inesperada reacción de la joven que ni se atrevió a replicarle. Ambos regresaron al hogar; acostó al pequeño en su camita y luego llamó a su pareja para rechazar su propuesta de renunciar a su puesto de trabajo y dedicarse a la maternidad a tiempo completo, porque extrañaba el infierno de la jornada laboral.

fauna urbana

Aquel hombre tan elegante subió al tren con destino al centro de la ciudad. Al acomodarse en su asiento se desajustó la corbata, se secó el sudor de la frente con un pañuelo y la mancha de carmín del cuello. Sonrió satisfecho: la cita con aquella atractiva señora había sido todo un éxito. El galán comprobó su teléfono móvil: recibió un mensaje de la mujer; en el mismo, aparte de agradecerle su puntualidad, le confesaba que se sentía impresionada por su actitud madura a pesar de su juventud. Este se limitó a teclear una contestación educada, indicando fecha y hora para reencontrarse. Al llegar a su parada, bajó apresurado en dirección al cuarto de baño. Cerró el pestillo de la puerta y comenzó a deshacerse del abrigo, el traje de chaqueta y los zapatos; la maleta de piel la guardó en la bolsa de viaje; de la misma, extrajo unos pantalones vaqueros, una roñosa camiseta publicitaria y unas deportivas sucias. Una vez vestido, frente al lavabo, se revolvió el cabello y se lavó las manos para eliminar los restos de la gomina. Al salir de la estación de metro volvía a ser "empleado Juan", tal y como reflejaba la placa de plástico que se colocó en el pecho, un repartidor de comida rápida a domicilio, con afición a disfrazarse de abogado interesante, soltero y exigente, un soñador que anhelaba una vida mejor al lado de alguna incauta que lo mantuviera. El pasaporte a la felicidad era caro: había que pagar con mentiras. Pero él ya estaba demasiado harto de trabajar horas extras, del miserable sueldo que percibía, de convivir con sus padres jubilados en un ridículo piso y, sobre todo, de tener colgado en la pared de su habitación un diploma universitario que le recordaba que era otro perdedor más.

brindis

Un año más para reencontrarse y rememorar travesuras infantiles en las callejuelas de su pueblo natal, la adolescencia entre las fiestas de la comarca y la milicia, acechando trincheras enemigas, armados con pesados mosquetones; la humillación de la derrota, sus años oscuros y la emigración a la ciudad, con sus trabajos por cuatro perras gordas para despistar a la miseria que asolaba el país; las animadas tertulias políticas en los bares con los vecinos del barrio, las reuniones clandestinas con los oprimidos y la amenaza constante de los perros guardianes del orden y la prisión; el fallecimiento del tirano y los cánticos de esperanza de hombres y mujeres libres para escoger su destino en las urnas y, al fin, gozar de la felicidad y del amor. El anciano dejó el bastón en el suelo, descorchó una botella de brandy reserva, su licor favorito, y sirvió dos copas: una para él, a rebosar, la otra para derramarla sobre la lápida. Brindó, entre sollozos, para que la parca pronto recogiera sus huesos y así ser enterrado junto a quien descansa bajo el nombre grabado en mármol, que acariciaba con manos temblorosas, el mismo que enterró hace cuatro inviernos: el de su amigo, amante y compañero.

poesía

Un pequeño homenaje a Miguelanxo Prado

Julio reclamó la presencia inmediata de su musa por teléfono. Media hora después, el timbre anunciaba la llegada de la atractiva Lucía, su comprensiva confidente. En el comedor del apartamento, Julio la esperaba con una sonrisa, el café recién hecho y unas pastas de la repostería del centro de la ciudad, que tanto agradaban a aquella mujer. Se acomodaron y, mientras apuraban sus tazas, él manifestó su gran preocupación: su editor le agobiaba con insistentes llamadas y correos electrónicos, instigándole a que se apresurara a componer una nueva obra poética, de índole romántica, el género que hizo especialmente famoso a Julio en el panorama literario. Su reputación como poeta se extendía a otros países, hasta sus libros, tan elogiados por la crítica, habían sido traducidos a varios idiomas. Julio había recibido un generoso adelanto económico y tenía la obligación de entregar en el plazo de una semana un borrador para justificar un nuevo trabajo, pero transcurrían los días y no había redactado ni una miserable página. Le aterraba la idea de que su talento pudiera estar en entredicho. Consternado, Julio se levantó de su asiento y comenzó a dar vueltas por la estancia mientras la joven escuchaba las quejas del atormentado poeta palabra por palabra; parece ser que el editor fue explícito y amenazó con que si no estaba dispuesto a completar un libro de poesía en condiciones, se despidiera de seguir publicando en la editorial, que bastante harto estaba de los caprichitos del poeta. De repente, Julio se detuvo, observó a la chica con ternura, y se aproximó para desabrocharle la blusa y rozar con sus labios aquel cuello de piel tersa. Le susurró quedo al oído que anhelaba la belleza de su desnudez, y ella, obediente, se fue despojando de sus prendas: el sostén, la falda, las medias y las braguitas de encaje. Él se volvió a sentar en el sillón y la contempló embelesado: la tez pálida, los senos turgentes, las caderas anchas, el pubis rasurado. Lucía se situó delante del poeta; tomó su robusta mano para besarle la punta de los dedos y luego colocarla sobre un pecho, pero él la retiró bruscamente. Murmuró que solo quería captar todos los detalles de su espléndida desnudez. Lucía, desganada, suspiró; cruzó los brazos mientras Julio admiraba la curvatura de su vientre casi perfecto y sus muslos. Al final, la muchacha rompió su silencio: le reprochó que estaba cansada de repetir este ritual desde hacía meses, ya no quería conformarse con exponerse en cueros ante los ojos ávidos del amante; deseaba que la tocara, y así expuso el ultimátum: si no le hacía el amor allí mismo, en ese momento, se marcharía. Julio, anonadado por la actitud inesperada y rebelde de la mujer, se molestó por la proposición y volvió a rechazarla, alegando que no era digno de ultrajar aquel precioso cuerpo con los vulgares fluidos de la pasión, y que si eso ocurría, dejaría de ser hermosa y pura. La musa, de carne y hueso, lo miró desafiante a los ojos, y confirmó lo que Julio más temía: que la poesía es realidad, se palpa, se siente, se vive, y que él era un infeliz que nunca, nunca, nunca se había atrevido a acariciar la poesía con sus manos. Cabizbajo, el poeta enmudeció, más perturbado que nunca. Ella, con el semblante triste, se compadeció de él; se vistió con calma para luego desaparecer de su hogar, sin despedirse. Aquella noche, la melancolía se apoderó del hombre, que pasó toda la madrugada en vela delante de la pantalla en blanco. En la mesa del despacho, innumerables tomos de poesía, ediciones especiales de coleccionista que conocía a la perfección, también ejemplares apilados de su propia obra, así como un folio garabateado con unos pocos versos peregrinos, escritos con pluma estilográfica, y una botella de whisky casi vacía. Meditabundo, jugueteaba con los cubitos de hielo de su vaso. No sabía si extraer más alcohol del mueble bar para seguir esperando a la inspiración, o concretar un plan para convencer al editor de compilar sus poemas amorosos en una tercera antología poética.

desechos

Pequeño homenaje a Yoshihiro Tatsumi

Todas las madrugadas, de lunes a viernes, recorro puntualmente las alcantarillas que me han asignado para su limpieza. Bajo las escaleras, cargado con mis utensilios, e inspecciono con detenimiento el túnel: tengo que recoger toda la basura acumulada del fin de semana para evitar que se saturen los conductos subterráneos. Hoy mi compañero me indica por radio desde la superficie que se encargará de la parte norte, que estaré solo en el sector sur durante unas horas, aunque pronto llegará otro camión con refuerzos, pues el fin de semana pasado se celebraron las fiestas populares de la localidad y eso, obviamente, es sinónimo de muchos, muchísimos desechos. Adaptado a la semipenumbra, a la presencia de ratas y demás fauna de cloaca, pero no al hedor insoportable que me obliga a usar mascarilla, me coloco los guantes y procedo a trabajar en los canales de agua residual; solo se percibe el eco de mis botas chapoteando; con mi rastrillo, me afano en retirar restos de comida, cajas de cartón, cascos de botellas rotas, condones usados y demás porquería, consecuencias de la falta de civismo. Mientras ejecuto mi tarea, algo llama mi atención: diviso una bolsa, bastante grande, que la débil corriente arrastra hacia mí; la recojo y sí, pesa, tiene salpicaduras de sangre seca. Para descubrir lo que hay en su interior, la rasgo, pero sin romperla del todo, y me encuentro con un feto humano. Examino bien aquel pequeño cuerpo sin vida. Podría tratarse del fruto de una pasión insensata, muy propia de adolescentes con el cerebro entre las piernas, o un hijo no deseado para unos padres sin recursos, o también un aborto de una clínica clandestina, de esas que proliferan por el asuntillo de la polémica ley reformada. No lo sé. Mejor no especular con este trozo de carne en avanzada descomposición, tal y como sugiere su aspecto, y por el que ya no se puede hacer absolutamente nada. Me percato de que tiene en su cuello una bonita cadena, parece ser de plata. Medito unos instantes para decidir qué hacer con el hallazgo. Al final, arranco la cadenita y me la guardo en uno de los bolsillos de mi mono de trabajo; devuelvo el cadáver a la bolsa y lo arrojo a la corriente turbia; poco a poco, se va alejando hasta desaparecer de mi vista. ¿Insensible? Quizás. Gajes del oficio. Conozco al ser humano: es capaz de ensuciar la vida de todas las formas posibles. Somos así de penosos. Estoy acostumbrado a la miseria del hombre y a su mierda. En fin. Mejor prosigo con mi labor. Luego veré, en la hora del bocadillo, cuánto me pueden dar por la cadena plateada.

apariencia

El marido se levanta temprano: tiene una importante entrevista de trabajo. Su mujer, entusiasta, le anima; si le contratan en la empresa, su existencia cambiaría radicalmente: podrían afrontar la hipoteca, las facturas, que se amontonan en el buzón, incluso mudarse a un piso más grande que el suyo, en el que se encontraba hacinada la familia. Él, más pragmático, prefiere no ilusionarse, es consciente de que con cincuenta y tantos, en la situación del mercado laboral, no se propicia el reclutamiento de personas con tanta edad y experiencia. Dos años y medio en el paro marcan, pero tal y como le recuerda su esposa mientras saca del armario un elegante traje de chaqueta y corbata que solo utiliza para eventos importantes, hay que resistir, agarrarse a la oportunidad como si se tratara de un clavo ardiendo, que el subsidio se agota, y que sea lo que Dios quiera. La abuela despierta a los críos, quejumbrosos por el escaso desayuno —un vaso de leche y unas galletas— y la falta de ganas de asistir a la escuela. Le piden a la madre dinero para el almuerzo del recreo, y como hasta el viernes no entra nada en la casa, los ilusiona con el bocadillo de jamón serrano más grande que jamás hayan visto, con su buen aceite de oliva y su tomate, para que presuman en el patio del colegio frente a los maleducados que se ríen de ellos, con sus crueles: "¡son unos niños pobres, son unos niños pobres!". Se marcha el padre con sus hijos; el abuelo sigue roncando profundamente desde la litera; la suegra, aplicada, limpia los baños mientras la madre recoge la cocina y el comedor. Al finalizar las tareas domésticas, la abuela, antes de marcharse a la residencia a jugar a las cartas o al bingo con sus amigas, entrega a la madre un sobre con billetes para ir al mercado. La mujer guarda el sobre en el bolso, agarra el carrito de la compra e introduce una bolsa de basura enorme en su interior, con cuidado de que la abuela o el abuelo, recién levantado para tomar su vermú en el bar de la esquina mientras juega una interminable partida de dominó, la descubran. Sale a la calle apresurada rumbo a uno de sus sitios favoritos; entra en el edificio, se refugia en los aseos, extrae del carrito la bolsa negra y, de la misma, un abrigo auténtico de piel de zorro y un collar de perlas, herencias de la madre, que Dios la tenga en su gloria; maquillaje de marca y perfume caro, valiosos detalles del marido por un lejano aniversario de boda. Se arregla a conciencia; coloca un papel de "averiado" en la puerta del aseo para esconder el carrito, y se pasea por los pasillos de El Corte Inglés con su disfraz de mujer de alta alcurnia; aprecia el género, las ofertas y charla con las clientas y las dependientas. Cuando llega la hora de recogerse, la mujer vuelve al cuarto de baño para transformarse en maruja de clase obrera. Con discreción, para que los guardias de seguridad no descubran su secretillo, sale del centro comercial rumbo al mercado del barrio, para aprovechar los buenos precios del pescado fresco o la fruta a granel. Hoy espera una llamada de teléfono que solicite sus servicios como limpiadora a domicilio, trabajo que hace algunas tardes para sacarse un jornal de poca cuantía, pero suficiente para complementar la ayuda por desempleo.

Ni el padre, ni los niños, ni los abuelos saben en qué se entretiene la madre algunas mañanas; nadie sospecha que esa mujer risueña se divierte visitando esos grandes almacenes para jugar a las damas distinguidas; porque ella no pierde la esperanza, porque sabe que algún día, y no muy lejano, la suerte se volcará con su familia y podrá ir a comprar al Corte Inglés las veces que le plazca, y se presentará allí cogida del brazo de su santo esposo y acompañada de sus hijos, con su abrigo de visón que olerá a Christian Dior, exhibiendo sus joyas doradas de diseño italiano, luciendo una amplia sonrisa que demuestre con honestidad al mundo que no solo es una señora en apariencia: la clase se lleva por dentro, y ella, que insufla valor a su esposo para que no decaiga, que se sacrifica para alimentar a sus vástagos, que auxilia a sus mayores con todo el cariño y que conoce la humildad absoluta, lo sabe. Lo sabe. Mejor que nadie.

vaso de bourbon

Otro pequeño homenaje a Miguelanxo Prado

Después de hacer el amor, me invitas a tomar un *bourbon*. Observo la botella: sí, es de reserva. Te pregunto que cómo puedes permitirte tal lujo, y tú respondes que es el regalo de un íntimo amigo. Me sirves un poco, te recuestas a mi lado y me recitas un poema tuyo. Es precioso: no hace falta que te recuerde que tienes un talento extraordinario y que todo, absolutamente todo lo que sale de tus maravillosas manos, me encanta. Sin embargo, yo sigo aún preocupada por esa cuestión del empleo de dependiente que te ofrecieron en la ferretería y te pregunto qué harás al respecto. El tema te incomoda, bien lo sé, y desvías la conversación hacia la literatura de tus adorados escritores malditos. Vuelvo a insistir, y tu buen humor desaparece: me gritas que tú has nacido para ser el mejor de los poetas y que sería un desprestigio aceptar un puesto tan vulgar en una tiendecilla de barrio. Suspiro, doy un trago a mi vaso, y no, no voy a reprocharte nada. Me levanto de la cama para vestirme mientras tú sigues con tu apasionado discurso sobre principios, pero yo, que estoy muy cansada de tu estúpido orgullo, te ignoro. Antes de marcharme clavo mis ojos en los tuyos, llenos de rabia, y no, no me despido de ti: al cerrar la puerta de tu desastroso apartamento, me juro a mí misma no regresar a tus brazos… aunque mi corazón desea que bajes de tu maldita torre de marfil, que tus pies caminen sobre el terreno de una realidad a la que no le importa el hermoso pero inútil arte de los versos. A nadie le interesa lo que tú sientas. A nadie. Ni a mí tampoco.

Un callejón oscuro de barrio conflictivo. Dos delincuentes asaltan a una mujer; uno le arrebata el bolso, el otro intenta forzarla. De repente, una sombra aterriza y su puño le parte la mandíbula al violador, que se desploma. La señora se desmaya; el ladrón no reacciona a tiempo y recibe una patada en el estómago. El agresor, ataviado con una gabardina mugrienta, sombrero y máscara, se presenta: "Soy Darkman, y este es mi bautismo de fuego, seré el azote del mal y…". Su voz se quiebra. Uno de los chorizos le ha clavado una navaja en la espalda. Su compañero consigue incorporarse y dispara al desdichado salvador. Sirenas de coches patrulla anuncian la retirada; los últimos pensamientos del moribundo: *¿qué ha podido fallar, si la justicia siempre vence? ¿Qué coño nos enseñan los cómics?* Nada: solo son ficción para entretener a antisociales *freaks* con acné. Escupe sangre. La leyenda temprana expira.

promesas

A los que nos hacen desperdiciar lo más valioso que tenemos

El recién llegado encendió un cigarrillo y se paseó por el apartamento: las copas de cristal y la botella de vino en la terraza; la mesa de la cocina, oculta bajo un elegante mantel rojo; platos y cubiertos perfectamente dispuestos para dos comensales; la habitación de matrimonio, ordenada; sobre la cama, una cajita azul en cuyo interior había un precioso anillo de oro blanco. Al regresar al salón, se aproximó al mueble con adornos: portafotos de buenos momentos, un calendario que marcaba, con un enorme círculo rojo, un día del mes, y un reloj con un viejo marco de plata. Suspiró. Pasó los dedos por la superficie de la madera y el tacto del polvo acumulado le hizo recordar que el mundo se detuvo el día dieciséis de junio del 2015, exactamente a las diez y cuarto, hora que marcaba permanentemente las manecillas de aquel reloj sin pilas. Ella, a pesar de las promesas, no aparecía, y él, aunque llevaba dos años esperando a que llamara a la puerta, no perdía la esperanza. Se hacía tarde: cerró las ventanas, aplastó lo que quedaba del cuarto cigarro en un cenicero, tomó el abrigo y la bufanda del perchero y se marchó. "Quizás mañana regrese", pensó al abandonar el portal del edificio. Quizás.

lecciones que jamás se aprenden

A los poetas que son auténticos: gracias por existir

"¡Vaya tía petarda!": eso piensa el muchacho que escucha, desmotivado, los poemas de aquella elegante mujer. El novel se aburre: es lógico, no es su estilo. Él va de innovador, de auténtico transgresor: lo que declama con parsimonia aquella mujer de intachable reputación estaba desfasado, fuera de lugar; "¡joder con los dinosaurios de la poesía, que solo escriben sobre las mismas cursiladas!", critica para sus adentros. Al concluir la señora, se cede el turno de aquel que había nacido para demostrar que las cosas habían cambiado; se levanta, muy digno, y se coloca frente al estrado; abre su poemario de reciente publicación y empieza a soltar, según los pensamientos de la experimentada poeta que prefiere permanecer en la sala por educación, *nada más que groserías y zafiedades.* De su boca, versos en voz muy alta que reafirman su condición de maldito y profeta de medio pelo —*angustia existencial, sociedad injusta, mi fracaso es el éxito, mi ombligo es la salvación,* etc.—; "vaya futuro más negro le espera a la lírica con semejantes inútiles", murmura, anonadada, la artista casi cuarentona. La promesa joven de la poesía concluye su diatriba y así finaliza el ciclo de recitales; se reúnen los participantes para intercambiar impresiones y al final optan por almorzar en un restaurante cercano. Casualidades de la vida: quedan sentados juntos. No se dirigen la palabra; se lanzan miradas furtivas, cargadas de desprecio; él no puede creer que ella tenga un importante premio nacional y ella considera paranoicas las críticas favorables y exageradas las alabanzas a su obra temprana. Transcurren las horas, la reunión de poetas de ambas generaciones continúa amenizándose; la noche se instala en aquel antro postmoderno donde las lenguas se desinhiben con el alcohol, y del odio al deseo, un paso: él y ella se trasladaron al hotel para follar, con urgencia. Ni juventud, ni experiencia: no hay poema más eterno que el de la carne. En la madrugada, ella partirá hacia la estación de tren, relajada, deseando llegar al hogar para escribir sus artículos semanales sobre el rumbo erróneo de la poesía contemporánea y, quizás, algunos versos —con rimas— sobre un torpe chaval al que rechazó por carecer de madurez; él volverá a casa de sus padres, excitado, desayunará tostadas con café y luego, como un loco, buscará su ordenador portátil en su habitación caótica para relatar la anécdota y así presumir de que se había hecho el amor con un fraude. Los poetas prefieren enfermar de orgullo y no admitir que la poesía no entiende ni de pasado, ni de presente, ni de futuro: es eterna, tan eterna como esas pieles resbalando entre sí, sin cuestionarse nada más que sentirse, como las de esos dos que chocaron hasta rendirse a la evidencia del orgasmo compartido.

roberta flack

Aparto la cortina: tras el cristal de la ventana, el viento agita furioso los árboles; un relámpago lejano avisa de la próxima tormenta. Noto el frío en los huesos, apilo leña en la chimenea, le prendo fuego. Me aproximo al viejo tocadiscos, escojo mi LP favorito, coloco la aguja en el vinilo y, a los pocos segundos, la elegante voz de Roberta Flack resuena en los altavoces de la estancia.

Embelesado por la hipnótica canción de la diva del soul —*"I heard he sang a good song, I heard he had a style, and so I came to see him, to listen for a while, and there he was, this young boy, a stranger to my eyes..."*—, me encamino hacia la cocina, chasqueando los dedos. Mi estómago ruge. No he comido nada desde ayer, así que me preparo algo ligero: un sándwich de jamón, queso y lechuga; saco una cerveza del frigorífico y ceno tranquilamente, sentado en la tupida alfombra de la salita, observando las llamas danzarinas.

Afuera, la lluvia cae con violencia. Las cabezas disecadas de animales que decoran las paredes, los rocambolescos trofeos de los estantes y los muebles de madera tiemblan. Me percato de que es muy tarde, el reloj de péndulo marca las once de la noche. Ya es la hora.

Me incorporo, subo al máximo el volumen de la música, arrojo la lata vacía y los restos del plato al cubo de la basura; de la vinoteca extraigo una botella, tomo una copa y compruebo que en el bolsillo de mi chaqueta tengo el paquete de tabaco y el mechero. Silbando, muy animado, cruzo el pasillo; bajo despacio las escaleras que me conducen al sótano. Enciendo el interruptor de la luz y allí estás, recostado en la camilla, desnudo, amordazado, atado de pies y manos, apestando a sudor, orín y miedo.

Los efectos de los somníferos ya han remitido. Abres los párpados y, al percatarte de mi regreso, lloriqueas. Me limito a contemplarte, sin articular palabra alguna. Me enciendo un cigarro y, mientras se consume, medito. Mientras, tú, tan nervioso, agitas tu cuerpo. De nada te va a servir que supliques.

Aplasto lo que queda del pitillo en una plancha metálica y me decido al fin. Me sirvo una copa de vino. Me pongo la bata, los guantes de látex, la mascarilla; me sitúo delante de la mesa de herramientas para escoger, de entre todo este material quirúrgico improvisado, las tenazas oxidadas. El pánico se apodera de ti y y te cagas encima. Pero el aroma a mierda no me va a disuadir, estoy más que preparado para impartir justicia. Sí, quiero ser tu verdugo, quiero que experimentes lo mismo que mi hijo, al que violaste y desmembraste por pura diversión. Voy a purificarte. Despídete de tu polla y de tus testículos, hijo de la gran puta. Te vas a arrepentir de todos tus pecados.

Un trago de este exquisito reserva que he conservado desde hace tiempo para celebrar este triunfo, y luego tu asquerosa sangre me salpicará mientras tatareo ese hermoso estribillo: *"Strumming my pain with his fin-*

gers, singing my life with this words, killing me softly with this song, killing me softly with this song...".

Devoró la última galleta. Consciente de lo inevitable, chateó en el hilo del foro con otros *hikikomori*: "Cero provisiones: cuestión de horas". Acarició sus muñecas: demasiado cobarde para suicidarse con el cúter. Llevaba días sin obtener información acerca de la epidemia que asolaba el exterior. El olor a restos de comida era insoportable. Resignado, se colocó la mascarilla dispuesto a explorar fuera de la habitación. Después de medio año aislado de una sociedad especialmente cruel con su generación, temblaba como un cachorrillo asustado. Abrió la puerta. Inspeccionó el pasillo. Bajó las escaleras: Ni rastro de su familia. Se dirigió a la calle. Caminó por el vecindario. Ni un alma. Solo silencio. Observó el cielo, tan hermoso. Pensó, entre sollozos: "¿Seré el nuevo Adán?". De repente, en el horizonte, el resplandor que anunciaba la extinción. Se arrodilló en el asfalto. Rezó por primera y última vez en su vida.

ángel

A las abuelas

Todas las mañanas de sábado Emilia encontraba un billete de cinco euros bajo la almohada; a pesar de lo singular de este hecho que llevaba meses sucediendo, decidió no contarle nada ni al marido, casi siempre ausente, ni al hijo, opositor enclaustrado en bibliotecas, si bien agradecía el misterioso detalle para afrontar gastos domésticos. La que obraba el milagro era la abuela, a la que sacaban de la residencia los fines de semana: se pasaba gran parte del día mirando las paredes y, de madrugada, merodeaba por las habitaciones hasta llegar a la cama de su hija, dormida profundamente por los fármacos, e introducía el dinero bajo su cabeza. Hay cosas que ni el alzhéimer pueden borrar: la sonrisa de su niña cuando le visitaba el Ratoncito Pérez, idéntica a la que se dibuja en su rostro cuando regresa con las bolsas de la compra un poquito más llenas.

Papá y mamá contemplan a su preciosa hija, con sus dieciocho recién cumplidos, su vestido de alta costura, preparada para la fiesta de graduación. Hija única, fue criada entre algodones, con la devoción de unos padres que la habían transformado en una auténtica princesa: educación en los mejores colegios femeninos, residencias en el extranjero para aprender idiomas, inscripciones en prestigiosos clubs para aprender protocolo y equitación, siempre rodeada de amistades selectas. Mamá la abraza, predica su retahíla de sermones —*las señoritas no tienen vicios, las señoritas se reservan para el amor verdadero* y bla bla bla—, y papá le entrega un cheque con los suficientes ceros como para costearse caprichos, tales como drogas de diseño o la tercera operación de reconstrucción del himen. Ellos ignoran que la primogénita desgarró la burbuja en su adolescencia. No asumen que este siglo es de piratas y brujas con el corazón entre las piernas.

libros

Observo mi habitación e intuyo que sí, que faltan libros. Estoy segura. No quiero resultar paranoica, pero percibo ausencias en mis estanterías, donde atesoro lo más valioso que poseo y que, posiblemente, sea lo único que registre en el testamento de un futuro muy lejano para que hereden mis sobrinos y mis hipotéticos hijos y nietos. En efecto: al inspeccionar las partes más elevadas, me percato de que han desaparecido bastantes ejemplares. Dos volúmenes antológicos de poesía de los años ochenta, un libreto de cuentos escrito por un consagrado autor extranjero, primeras ediciones de dos novelas que me costó horrores conseguir, un ensayo filosófico que me regaló un antiguo amor y un poemario descatalogado de mi autora favorita. Aquí el previsible listado de bajas. Me temo que sé quién ha sido. Por eso, al fin decido leer el escueto mensaje de texto que ella me ha dejado en el teléfono móvil antes de que me bloqueara en todas partes: "sí, es para pagarme la maldita terapia". Qué catástrofe. En fin, que la infidelidad me ha costado siete buenos libros.

Decidí alquilar un destartalado —pero genuino— Seat Panda para viajar por todo el país, aprovisionarme de alcohol, tabaco y condones y partir temprano de la comarca. Ahora conduzco a toda velocidad mientras escucho blues a máxima potencia, sintiéndome auténtico. Soy la gran promesa de mi generación, escribiré la mejor novela del siglo veintiuno, seré la envidia de los escritorzuelos y los editores apreciarán mi talento. Me percato de que sale humo del capó: detengo el vehículo y compruebo que el motor ha reventado. Cabreado, desestimo la idea de hacer autostop y, cargado con mi mochila, paseo entre la niebla. Por suerte, a los pocos minutos encuentro una gasolinera. Con unas monedas llamo a casa: mi madre me increpa por haberme olvidado el teléfono y la tarjeta de crédito; por su parte, mi padre ya está de camino con la grúa. ¿Sabéis? Mejor jugaré a ser rebelde otro día.

futuro

Reconoció al fracasado que se reflejaba en aquel espejo tan sucio, al adicto a las bebidas energéticas y a los ansiolíticos, al ermitaño que se refugiaba entre temarios y libros de supuestos prácticos. Su cerebro estaba saturado de conceptos legales y técnicos, de esquemas, también de reproches —*¡tenías que haber estudiado una carrera con más salidas laborales!, ¡no te estás esforzando lo suficiente, tienes que dedicarle más horas!*— y de consejos de metomentodos que no tienen ni puñetera idea del infierno en el que vivía. Mientras contemplaba sus ojeras, su delgadez y sus primeras canas, reflexionó. ¿Aquello es lo que realmente quería? ¿Enclaustrarse, drogarse para mantener un ritmo exigente, comer y dormir poco y aguantar la presión familiar por no cumplir unas expectativas? De nuevo aquel dolor tan agudo. Se llevó la mano al pecho: taquicardia. Intentó calmarse. Algo dentro de él se rompía. Y, de repente, la respuesta. Se cercioró de que estaba completamente solo en aquellos baños; sacó de su mochila apuntes y frascos de pastillas, lo arrojó todo a la papelera metálica; extrajo del bolsillo de su pantalón un mechero y le prendió fuego. Apresurado, salió de la biblioteca. Ya en la calle, sonrió satisfecho de su decisión. ¿Qué era lo que quería hacer? En ese momento, deseaba aprovechar el hermoso día primaveral tomándose una cerveza

bien fresquita y una tapa en una terraza, algo que llevaba años sin hacer. ¿El futuro? Solo sabía que, hiciera
lo que hiciera, era incierto.

humanidad

En la cocina las bolsas de la compra todavía llenas. Sobre el mantel de la mesa, aún permanecen los platos, vasos y cubiertos sucios de la cena. Por el suelo del pasillo, un rastro de prendas que, desperdigadas, conducen a la habitación principal; y allí, en el colchón, dos amantes agitados, tan concentrados en sus cuerpos que no escuchan la radio. Desde el salón, esta transmite la noticia de un atentado terrorista, con varios muertos y decenas de heridos, a unos kilómetros del apartamento. El amor y la destrucción en esta escena cotidiana: la realidad de nuestro mundo.

bragas

A mi lado está ella durmiendo profundamente. Me gusta contemplarla mientras sueña, pero jamás se lo voy a confesar. La habitación es un desastre: nuestras bragas y sujetadores encima de la mesita de noche, otras prendas desperdigadas por todo el suelo de mi habitación, hay hasta restos de una botella de vino rota bajo el escritorio. Salgo de la cama, me visto con una bata y me voy a la cocina a preparar café. A mi regreso, me la encuentro ya levantada, bostezando con energía y estirándose. Yo me apoyo en la pared y la observo embobada: a mis ojos es una mujer bellísima, a pesar de su estatura, su barriguita y sus marcadas estrías. Sí, las imperfecciones me resultan de lo más erótico, y me encanta mirarla. Ella me gusta y lo sabe. Me sonríe presumida y comienza a vestirse. Le ofrezco que se quede en la cama todo el día si le apetece… ella dice no. Le invito a almorzar con unos amigos… y rechaza la proposición educadamente. No sé por qué me molesto en insistir, siempre obtengo una negativa por respuesta. La fuerza de la costumbre, quizás. Termina de arreglarse; le da un sorbito a mi taza, me besa en los labios y prometemos vernos el próximo fin de semana. Con el portazo de despedida, otra vez la soledad se instala entre estas cuatro paredes. Después de recoger los cristales, con cuidado, me siento en la cama. Aspiro fuerte por la nariz. Acaricio con resignación esas sábanas impregnadas de su fragancia, fragancia que perdurará durante horas. Sí, posiblemente sea una egoísta. Todo es sexo. Estuvo claro desde el primer momento. A pesar de que llevamos meses acostándonos, somos dos perfectas desconocidas. El roce no hace el cariño: hace el placer. Ella se limita a entregarme la piel abierta y evita que le acaricie el corazón. Sí, es egoísta. Muy egoísta. Pero, ¿acaso no soy yo también egoísta por pretender quererla?

aburrimiento

Es lo que tiene el desempleo: te aburres. No sabes qué hacer con tanto tiempo libre. A menudo te planteas si tienen sentido las incursiones diarias a la oficina de empleo para estar al tanto de las (escasas) novedades, ya sean cursos de formación u ofertas laborales. Algunos individuos continúan con las visitas diariamente, por si un golpe de suerte les cambia su anodina existencia. Respeto su decisión de aferrarse a un clavo ardiendo, por supuesto, pero la realidad ha demostrado que los milagros no existen y creo, sinceramente, que están malgastando sus energías. Allí los tienes, esperando a que les toque su número; pendientes de las pantallas informativas como si estuvieran en la pescadería; frente a una cuadrilla de funcionarios incompetentes y carentes de empatía, con esos rostros amargados en horario de trabajo y que, una vez en casa, se reirán de la que está cayendo porque tienen el frigorífico lleno. Yo formaba parte de esta manada de hombres y mujeres asiduos. Para las estadísticas, era otro deprimente dato. Transcurrían los meses y, al no obtener respuestas favorables a mis peticiones, abandoné esa costumbre y opté por tirarme a la calle, todas las mañanas, a patearme la ciudad. Parques y calles, caminar con el objetivo de adelgazar, pues la desazón me provoca ansiedad, y producto de esta, kilos de más. Porque claro, te aburres, te aburres soberanamente, y como no hay nada interesante —productivo— que hacer, te despatarras en el destartalado sillón a beber latas de cerveza de oferta, mirando, embobado, la programación televisiva, abusando de los frutos secos y de la comida precocinada (lo que te puedes permitir). Y, sin que te des cuenta, la báscula de la farmacia da unas cifras escalofriantes (que achacamos al excesivo peso de la ropa, pues nos sonroja admitir que estamos demasiado rellenitos) y al cinturón le tienes que hacer dos o tres agujeritos más. Y, como las prendas del armario tienen que durar porque la cosa está fatal y las tallas amplias son muy costosas, de nueve a una del mediodía recorres el asfalto. A veces, oyendo la radio para entretenerte con música o con la tertulia radiofónica de turno (cuando hablan de política cambias *ipso facto* de emisora: uno pretende distraerse, no amargarse) y otras, sin nada más que unas zapatillas de deporte, cuyas suelas se desgastarán pronto por el ritmo que llevas. Naturalmente, los paseos matutinos son más saludables y así se controla un estómago adicto a las golosinas. La cuestión es cómo despistar al cerebro de preocupaciones en horas posteriores al almuerzo, porque sí, hacer ejercicio es un hábito excelente para la salud, pero en lo concerniente a la salud mental, la cosa sigue igual de chunga, y tal como me aconseja un colega que va a un reputado psiquiatra, hay que entretenerse con diversas actividades. Yo, que no tengo ni un duro para pagarme un loquero o tratamientos, ni tampoco pretendo acudir a un especialista de la Seguridad Social para verle la cara una vez al año a un tipo con título, escucho, con sumo interés, lo que mi amigo me cuenta de sus citas en el despacho de su médico (toda una eminencia que cobra cien euros la hora. Mi padre, que en paz descanse, me decía que para las enfermedades del coco, o una buena hostia a tiempo, que sale gratis, o por quince euros contratas a una prostituta para que con un polvo te quite *to*. No le faltaba razón al muy bruto, sus lecciones existenciales son un gran legado). Y este médico tiene que ser de lo mejorcito en su campo, pues mi amigo solo tiene buenas palabras para él: "me ha cambiado la vida", repite como un loro amaestrado, "que no haya trabajo no quiere decir que se acabe el mundo", "muévete, amplía horizontes", y añade argumentos, en un intento casi paternalista de consolarme. Él ha hallado en los crucigramas y en el ajedrez dos pasatiempos estupendos; su mujer, en la misma desagradable situación (aunque todavía percibe un subsidio con el que aguantar un poquito más), ahora es experta en encaje de bolillos, y, como yo, se dedica a ejercitar sus piernas todas las mañanas en el campo, y así se ha quedado la señora, todo un figurín, y muy apetecible, por cierto, para su encantador marido. Por lo visto, ahora follan más que nunca, aunque se abastecen de condones gratuitos de los centros de planificación familiar. Ahora, el sexo es la única alegría del pobre (siempre y cuando se haga el amor a oscuras, para no asustarse con la factura de la luz o no haya sorpresas nueve meses después, eso ya sería la ruina). De corazón me alegro de que el famoso dicho de "follas menos que un casado" sea una anécdota para esta apreciada pareja. Retomando la cuestión inicial de evitar el aburrimiento con aficiones, yo he procurado pasar de la teoría a la práctica. Esto es, probar cosas nuevas, aunque sin resultados exitosos: he intentado practicar algún deporte, como fútbol, e incluso me he informado sobre precios de gimnasios, pero estoy tan reventado de mis caminatas mañaneras que no reúno fuerzas suficientes para el balón, y menos para ir a un centro deportivo municipal que, aunque las tasas son una ganga, tengo un límite para el esfuerzo físico. He intentado escribir poemas (algo que me cuesta confesar, porque considero que la poesía es una mariconada supina), y sí, con versos incluso de esos que riman, con métrica, estrofas y demás sandeces, y solo me salen poesías empalagosas, propias de una canción de grupo pop para adolescentes. También me he querido aficionar a la lectura de novelas de ciencia ficción, hasta me he apuntado a un club de lectura en la biblioteca, pero, aunque mis compañeros son la mar de majos y tratamos temas interesantes, no puedo estar durante mucho tiempo con la mirada fija en las páginas, me desconcentro con facilidad, lo admito sin pudor, y creo que es por el trauma que te generan en el instituto, que consiste en atiborrarte de la literatura más coñazo, amén de soporífera, hasta que acabas empachado de Cervantes, Baroja, Garcilaso, Unamuno, Ángel de Saavedra, Mihura, Azorín, Borges, Lorca y toda la tropa. Y, por supuesto, sopesé la idea de encontrar el amor buscándome una novia, pero, con la cosa de que soy poco agraciado para ellas (porque estoy más pelado que una rata, vaya, que feo no soy) y de que las mujeres locales son unas rancias, no soy un ejemplar deseado. Ya sabéis, no puedo ofrecer estabilidad y tal, ni un futuro lleno de comodidades. Y mejorar mi vida sexual… una quimera; deberían alinearse todos los planetas del universo para que alguna borrachilla despistada accediera a ser mi amante por una noche; también implicaría despilfarrar la prestación por desempleo para disponer de los servicios de una experta y, si soy honesto, me estoy hartando de recurrir a la señora mano y el porno para esos íntimos menesteres.

Bien. Como me aburría mucho, mucho, muchísimo, a pesar de que he puesto todo mi empeño en distraerme, he optado finalmente por plantarme aquí, en mi oficina del INEM, para amenazar con dos pistolas de juguete compradas en los chinos, bastante realistas, a todos los aquí presentes: señores que intentan mantener la sangre fría, muchos que no lo consiguen y acaban orinándose encima; señoras histéricas cuyos chillidos agudos me irritan los tímpanos; guardias jurados impresionados, atacados de los nervios porque no saben cómo controlar la situación de pánico; burócratas espantados que se esconden bajo sus mesas o se agachan, cubriéndose la cabeza con los brazos. A gritos obligo a todos a salir de allí, le arrebato a uno de los encargados de seguridad las llaves para cerrar el local, me quedo solo, bajo las persianas metálicas, dejo mi mochila en el suelo y saco el bidón de gasolina que vierto, de forma repartida, por todos los rincones. Al caer la última gota, saco de mi bolsillo un puro de los caros y una caja de cerillas, tarareo una pegadiza canción de uno de mis grupos favoritos ("... *take me to the magic of the moment on a glory night, where the children of tomorrow dream away, in the wind of change...*"); observo de reojo la calle, a través de las rejillas, cada vez se aglomeran más y más personas; escucho, a lo lejos, las sirenas de los coche patrulla de la policía local, es hora de poner punto final. Arrojo cerillas en distintos puntos del lugar, con cuidado de no resbalar, y empieza a arder todo. Las llamas y el humo se expanden y cada vez hace más y más y más calor, y yo estoy plantado en el pasillo, fumándome el habano, sonriendo como un demente.

Es lo que tiene el desempleo: te aburres, te aburres tanto, tanto, que te da por pensar en hacer tonterías.

Si la palmo, que sean mis muertos los que me aburran, y si sobrevivo, ya encontraré una forma de aburrirme entre barrotes...

ELEFANTE

Teme a quien te teme, aunque él sea una mosca y tú un elefante.
Muslih-Ud-Din Saadi

Frente al espejo, su rostro enrojecido a causa del acné, los prominentes lóbulos de las orejas, la nariz afilada. *¡Elefante, elefante!* Extrajo del armario una cuchilla y un bote de espuma para afeitarse el escaso vello. Lo hacía para complacer a su chica. *Estás más guapo sin ese horrible bigotillo. ¡Eres un tonto del culo que todavía no tiene ni pelos en los huevos!* Se cortó la mejilla derecha. Se lavó la sangre con agua templada del lavabo y se cubrió la herida con un apósito. Rozó, con cuidado, el pómulo izquierdo. Se quejó: aún dolía. "Me chiflan tus cicatrices, cariño", le confesaba siempre ella cuando se desnudaban en aquel paraíso de cortinas rosas, estanterías llenas de peluches y muñecos, con ese agradable aroma a vainilla dulzona, aroma que lo embriagaba hasta desfallecer en el colchón; el refugio de cuatro paredes con los pósters de Dire Straits y The Animals. Ella, sus pequeños senos, su cara pecosa, sus caderas estriadas, su pubis sin rasurar. Ella, la que después de hacer el amor llevaba a la cama una enorme bandeja con un delicioso desayuno —tostadas con mermelada, sirope de arce o mantequilla de cacahuete, zumo de naranja, plato de cereales de chocolate y crujientes galletas de nata— *para el chico más dulce del mundo.*

No importaba si su novia le hacía sentir tan especial. Él era un fracasado, un pringado. "No te la mereces, monstruo, ¡no sé qué ha visto en ti!", le increpaban los muchachos cuando ella iba a recogerlo al instituto en su motocicleta. Y ella, tan encantadora, tan enamorada, lo consolaba cuando le colocaba el casco y lo besaba apasionadamente delante de aquella panda de cretinos que respondían con muecas de asco: *No les hagas caso, mi amor, tú eres hermoso, muy hermoso.* Sí. Ella y su magia para hacer más soportable la existencia, la que los fines de semana lo transportaba a otro mundo, al de las miradas cómplices entre las sábanas perfumadas con suavizante, al de los paseos soleados en el parque de la gran avenida para jugar con sus mascotas, al de los días de lluvia en su apartamento, recostados en aquel sillón de piel, cubiertos por una manta, compartiendo un cuenco de palomitas, latas de refrescos o botellas de cerveza de importación para celebrar acontecimientos importantes. Sí. Ella era increíble. Era perfecta, a pesar de sus mosqueos cuando no conseguía controlar el mando de la consola y perdía todas las partidas al Pong, a sus pucheros cuando se resistía a ver películas de zombies en el cine, a su innata capacidad para sacar de quicio cuando discutían acaloradamente sobre el futuro, sobre si estudiar ingeniería o artes en la universidad tal o cual. Sí. Era caprichosa, infantil y terca, pero la amaba tal y como era. Perfectamente imperfecta.

Sin embargo, la cruda realidad se manifestaba de lunes a viernes: durante la jornada de rutinas escolares, los compañeros del instituto se la tenían jurada tan solo porque sí. Le recordaban, a cada momento, el desprecio por un cuerpo que ellos consideraban deforme, también por su carácter reservado. Y es que él no era precisamente un alumno modélico: había repetido curso en dos ocasiones, aunque siempre ponía todos sus esfuerzos en superar, a duras penas, la barrera del suficiente. Bajito, flacucho y desgarbado, no poseía habilidades para practicar deporte alguno: siempre lo escogían el último al repartir los equipos. En educación física, cuando tocaba fútbol, baloncesto o béisbol, los chicos más aptos de la clase procuraban sentarlo directamente al banquillo para que no estorbara demasiado. Aparte de su torpeza, el asma y la anemia lo apartaban de las pistas, motivo por el cual suscitaba el recelo del resto de los chicos que, castigados por duras sesiones de entrenamiento, se mofaban de él, entre jadeos y abucheos, por ser el niño bonito de *el calvo ese al que le chupas la polla para librarte de hacer ejercicio, ¡puto vago!*, y ese mismo profesor siempre le restaba importancia a los ataques verbales, con sus típicas palmaditas en la espalda y sus nada convincentes: "no les escuches, hombre, que están bromeando". Precisamente no era el único que prefería mirar hacia otro lado y no involucrarse en conflictos de adolescentes hormonalmente inestables: el resto de los docentes del centro estaban más ocupados en otros menesteres, como impartir temarios dentro de las aulas y corregir exámenes, y por eso no disponían de la energía necesaria para controlar a la manada de alborotadores que acosaban a otros chavales más apocados. En el caso de las compañeras, quizás eran más crueles con él, aunque los chismorreos de turno en el patio de recreo realmente no le afectaban. La mayoría de cosas que escupía aquel grupito de estúpidas niñatas eran bulos que se inventaban para llamar la atención de los machos, cumplieran o no con sus exigencias, y así marcar territorio frente al resto de hembras no populares. A lo que no se acostumbraba era a los inesperados empujones, patadas y puñetazos del club de amigos y simpatizantes de aquellas que, con sus mentiras —*¡el muy baboso me ha mirado raro! ¡Este cerdo ha intentado tocarme!*— nutrían una violencia sin sentido y que, con el tiempo, se recrudecería.

Sí. Costaba soportar aquel bachillerato de humillaciones. Estaba harto del "dame el dinero del bocata o te rajo, pedazo de cabrón", harto del "por tu culpa hemos sido eliminados de los cuartos de final, ¡memo!", harto del "deberías estar muerto".

¡Te apesta la boca! Mientras se cepillaba los dientes, el reflejo le devolvía la imagen de un monstruo que no era aceptado por otros monstruos. Maldijo su cabello rubio, casi albino, sus orejas de soplillo, la nariz aguileña, las bolsas de los ojos, la boca carnosa. *¡Qué feo eres, joder! Pareces un puto elefante.* En su interior había germinado la semilla del odio, semilla que ya se extendía por todo su ser hasta que se le retorcían las vísceras con cada "¡eres repulsivo, tío!", "me pones enfermo, mamón" o "no mereces vivir". Sintió un pinchazo agudo

en el pecho desnudo: reconoció inmediatamente los síntomas. Se sentó en el váter: inspiró y espiró profundamente para controlar el ataque de ansiedad. Se palpó un costado y el hombro: la costilla y la clavícula fracturadas por la caída de un barracón. Esta era la supuesta versión oficial, que confirmó cuando fue asistido en el hospital, por temor a que su familia interpusiera denuncias con posibles represalias; pero la extraoficial era una golpiza brutal por parte de unos gamberros que lo acorralaron en un cuarto de baño y decidieron partirle los huesos porque corría el rumor de que había intentado besar a la novia de uno de ellos. Las lesiones parecían mejorar pero, obviamente, existía el riesgo de que empeoraran por el maltrato constante.

Remitida la taquicardia, se incorporó para proseguir con el aseo. Se enjuagó la boca y se peinó con gel fijador. "¿Sabes?, te pareces a Sid Vicious. Me encanta", le comentaba su novia, fan acérrima de los Sex Pistols. Él, naturalmente, no se encontraba el parecido, aunque le fascinaba el punk. Se perfumó de colonia, se secó las manos y salió del cuarto de baño. Arrojó la toalla a su cama aún deshecha. Sacó un disco de vinilo de la funda y encendió el tocadiscos. En los altavoces, los primeros acordes de Seventeen, su canción favorita del álbum. Subió el volumen y se dejó llevar, yendo de un lado para otro, canturreando *"See my face, not a trace, no reality, oh I don´t work, I just speed..."*, mientras ordenaba la estancia para evitar las regañinas de papá y mamá.

Cuando concluyó, abrió la ventana para recibir el aire fresco de la mañana. Se asomó al exterior: era un día espléndido. En el jardín se encontraba su padre, paseándose, distraído, con un café en la mano y en la otra el periódico. El perro, tan travieso, se revolcaba en el césped húmedo y mordisqueaba la manguera, pero el padre, absorto en las noticias locales y en su taza, lo ignoraba. Se topó con la mirada de la vecina de la casa de al lado, a la que saludó con un gesto, aunque ella, avergonzada, se escondiera detrás de la cortina, no sin antes devolverle el saludo. Parecía simpática la chica, sí, lástima que por su delicado estado de salud —o eso decían al menos los del vecindario— apenas saliera a la calle. De repente apareció su madre que, ignorando la música tan alta, corría hacia el garaje: había que dejar al hermano pequeño en el colegio y se hacía tarde. En efecto, el reloj de su mesita de noche indicaba que las clases empezarían dentro de veinte minutos y el instituto se encontraba lejos. Pero aquel día optó por no tomar el autobús escolar, quería caminar hacia su destino.

Se vistió con una camiseta negra, unos vaqueros ajustados y las deportivas desgastadas. Se abrigó con una chaqueta de cuero. Inspeccionó la mochila para asegurarse de que no le faltaba nada. Cuadernos, libros de texto, el estuche, el ejemplar de *Las uvas de la ira*, que había tomado prestado de la biblioteca municipal, los cómics de la *Patrulla X* y *Batman*, una caja de tabaco para fumar a escondidas en el callejón, el disco *Nevermind*, que le había regalado su novia, pañuelos, una bolsa con un sándwich vegetal envuelto en papel y una caja de leche, la medicación y unos cuantos billetes y monedas por si tenía que comprar. Pero faltaba algo.

Se aproximó a su escritorio y sacó del primer cajón una carta. "Para mi ángel", rezaba como destinataria. La besó. Del segundo cajón extrajo una pistola con el tambor cargado y una cajita de balas. "Hoy, al fin, dejaré de ser elefante", murmuró. Introdujo todo en la mochila, se la cargó a la espalda y salió de la habitación, esperanzado por ganarse el respeto que merecía después de años y años de menosprecios, insultos y palizas.

the show must go on

Reacciono al escuchar el tintineo de una moneda al caer en mi cajita. Turistas, la mayor parte extranjeros, me rodean expectantes. Silencioso, observo a mi público. Los saludo agitando los brazos exageradamente, provocando muecas graciosas en muchos rostros. Me agacho en mi columna de cartón-piedra para encontrarme con los ojos de una jovencita que ha depositado dos euros para contemplar mi humilde actuación. Le sonrío, extraigo de la manga de mi harapienta camisa a rayas una gran flor roja de plástico y se la ofrezco. La muchacha, sonrojada, acepta el detalle. Algunos espectadores aplauden mi galantería, y otros, maravillados, murmuran entre sí en su lengua materna "¿Cómo lo ha hecho?, ¡es magia!". Bajo de mi sitio; imagino que estoy jugando con una cuerda, que hago un lazo que tiro al aire para atar a mi nueva amiga e intento atraerla hacia mí, pero la soga invisible se rompe y caigo al suelo. Carcajadas resuenan en la plazoleta al verme allí, dolorido, manoseándome el trasero. Me incorporo lastimero y me aproximo, a pasitos tímidos, a mi benefactora. Me arrodillo delante de ella y le imploro, mostrándole un anillo de juguete que aparece de la nada, que se case conmigo. Fingiendo sorpresa, la chavala se lleva las manos a la boca, aunque luego me niega con la cabeza para rechazar mi proposición y, compungido, me froto los ojos, como sollozando. Ahora la pena de los viandantes, que no pierden detalle de mi número, hace que se compadezcan de mí, con sus bromistas "¡Oh, pobrecito!, ¡no seas mala, mujer, dale una oportunidad, parece buen tío!", y unos pocos me jalean con "¡Ánimo, quién la sigue la consigue!". Exacto: yo no me doy por vencido, así que planeo reconquistarla con una demostración de baile; improviso una coreografía que arranca sonrisas, me hago el patoso, zarandeándome, doblando cómicamente mis delgadas piernas hasta que tropiezo y, de nuevo, beso el asfalto, y todos, entre risotadas, se mofan de mi torpeza. Me vuelvo a poner de pie, miro a la chica con ternura, con ambas manos formo la silueta de un corazón y la señalo, tocándome el pecho. Con un chasquido de dedos surge, precisamente, un corazón rosa de cartulina mal recortado, con la inscripción "te quiero mucho" y se lo regalo, ante la admiración del público, con sus "¡artista!", "¡qué bonito!" y demás halagos. Llega el final de mi número: le guiño el ojo a la muchacha, lanzo un beso al aire a todos y me quito el sombrero de bombín, del que salen disparados confeti y florecillas de colorines. Me agrada el sonido de sus palmas, que resuenan a mi alrededor, y eso es señal inequívoca de que he cumplido con mi cometido. Con una reverencia vuelvo a agradecer a los allí agrupados su atención. Poco a poco, los curiosos se van dispersando, y yo regreso a mi posición, asegurándome de que aún dispongo de más flores y corazones para el próximo peatón generoso que deseé verme en movimiento y deposite algo en la cajita, aunque sean unos centimillos. Asimismo, procuro recordar todo lo ensayado en semanas anteriores, con la pretensión de no ser demasiado repetitivo.

A eso de las ocho de la tarde, recojo los bártulos. No ha sido un día muy provechoso, a pesar de haberme tirado horas y horas inmóvil, aunque sí he obtenido lo suficiente para una cena decente. Tan exhausto me encuentro, que opto por quitarme el disfraz en casa.

Para ahorrarme el autobús, después de una hora caminando, llego a mi apartamento y voy directo al cuarto de baño para desprenderme del traje de mimo y del maquillaje. Arrojo el sombrero al bidé, me quito los tirantes viejos y la nariz roja de payaso, tomo una toalla y me la paso por la cara. En el espejo, yo, con el semblante serio, aún con restos de pintura. Una lágrima brota y rueda por mi mejilla. Abro el grifo, me lavo los ojos. Y, de nuevo, la pregunta que lleva meses rondándome por la cabeza. Es evidente que lo que veo son las consecuencias de unos síntomas latentes: los pómulos marcados por la preocupante pérdida de peso; las ojeras por la falta de sueño, que no consigo conciliar ni con remedios naturales ni con medicación; los templeques de mis articulaciones, que ya me cuestan controlar cuando permanezco tanto rato quieto en la calle como estatua humana. La depresión me está minando por dentro, soy consciente, pero, como reza la famosa canción, el espectáculo debe continuar. Sé que esto de ser actor callejero no me salvará de la puñetera miseria, si bien es cierto que de momento me llena el estómago.

Y cuesta reconocerse en el reflejo, sí, reconocer al hipócrita que es capaz de hacer feliz a los demás pero desconoce cómo hacerse feliz a sí mismo.

gloria

Pequeño homenaje a David Rubín

Soy un dios reencarnado en el cuerpo de un gigantesco monstruo que llega a la ciudad gris dispuesto a arrasar con todo. Mi entrada es triunfal: con mi cola destrozo edificios de las zonas ministeriales y bancos; pisoteo complejos residenciales, apartamentos y coches lujosos de la costa; con mis afiladas garras atrapo a infelices trajeados para devorarlos de un bocado. Siembro el caos, el pánico y la destrucción hasta que el director, eufórico, grita: "¡muy buena toma, corten!". Mis compañeros y yo, agotados del rodaje, abandonamos el plató y sus decorados de cartón piedra y plástico. Ya en el camerino, me desprendo de la máscara de reptil mutante para limpiarme el sudor. Me miro en el espejo. Recupero mi identidad como ciudadano anónimo. Reviso el teléfono móvil. No espero llamadas de mi representante, tampoco ninguna oferta apetecible, solo quiero asegurarme de que me han ingresado la nómina para ir a comprar al supermercado. Suspiro. Por hoy, la gloria ha concluido y será retransmitida en la televisión para diversión de niños y no tan niños.

correspondencia

Después de leer la carta, ella se tomó su tiempo para contestar en su vieja máquina de escribir acerca de lo acontecido aquella semana. Cuando terminó, introdujo los folios en un sobre con sello y salió a la calle. Al meter la carta en el buzón apareció el cartero del barrio. Avergonzada, lo rehuyó: solo él sabía el secreto de sus cartas con idénticos remitente y destinatario. Ya en casa, notó el peso de la soledad. Conocía a gente a la que escribir, pero nadie la correspondía con palabras sobre papel. Solo así sentía cercano un corazón, frente a la frialdad de la pantalla. Se consoló sabiendo que en unos días recibiría, con ilusión, otra carta. Aunque fuera suya.

cabeza de familia

"Papá, vamos a comer", dice el muchacho. Al otro lado de la puerta, él, frente al espejo, recuerda las regañinas del difunto abuelo. *Los hombres no lloran.* No tiene el coraje suficiente para reconocer a esposa e hijos que lo despidieron de la fábrica hace meses, que se ha agotado la prestación por desempleo y que acude a los bancos de alimentos más alejados del barrio para evitar habladurías de los vecinos. Se traga las lágrimas. Murmura, orgulloso: "Soy un hombre hecho y derecho". Respira profundo y decide reunirse con su familia. Hay que continuar la farsa por amor.

patos y palomas

Todos las mañanas, a la misma hora, el matrimonio de ancianos aparece en el parque del barrio. "Otra vez los cansinos estos", piensa Pablo, que observa a la pareja desde un columpio, con discreción. Los abuelos, en su ritual, compran el periódico y palomitas en el kiosco, se aproximan a la zona ajardinada y se acomodan *en su banco, en el mismo de siempre, joder, parece que lo han alquilado de manera exclusiva.* Pablo continúa balanceándose sin perder detalle de ambos: ella, con su bolsita, cubierta con una toquilla de croché para protegerse del fresco, da de comer a las palomas que merodean a su alrededor y a los patos que salen del estanque para picotear las generosas cantidades de maíz que arroja al suelo. Él, con gabardina y boina, atusándose el bigote, lee la prensa local concentrado. *Y se tiran así horas y horas, en silencio, tan aburridos.* En efecto, Pablo, vecino del barrio y asiduo visitante de aquel lugar tan poco concurrido a esas horas tempranas, sabe que estos jubilados estarán hasta el mediodía así, sentados, sin mirarse siquiera. "Qué deprimente", asevera Pablo, hasta que el habitual gesto tierno entre ambos se produce (el señor entrelaza su mano con la de su esposa, ella le sonríe, cómplice) y el despectivo "ya no aguanto la cursilería, me va a subir el puto azúcar", que murmura para sus adentros. Se levanta del columpio bruscamente. Enfurruñado saca del bolsillo de su chaqueta los papeles del divorcio, que rompe en varios trozos y los tira a la papelera asqueado. Se ve obligado a pedir prestado dinero a un buen amigo para pagar la pensión de sus hijos. La imagen de los viejos le fastidia. Una de sus antiguas aspiraciones era envejecer al lado de la mujer que siempre quiso, la misma arpía que le fue infiel y le arrebató la custodia de los niños. Sabe que la soledad no es tan soportable como la rutina del amor. Decide marcharse y perder el tiempo caminando, sin rumbo fijo, por la ciudad. Hoy, de nuevo, se queda con las ganas de acercarse a la conmovedora parejita y preguntarles: "¿cuál es el secreto?".

la amistad de los cuervos

Regresé a casa después de horas en la sala de Urgencias del veterinario. Por suerte, mi perro está mejorando de los síntomas del envenenamiento.

En el jardín me encontré a su amigo, un cuervo que nos visita con frecuencia. Brincaba por el césped desorientado, buscando a mi mascota para jugar con ella. Salí al exterior para encontrarme con aquel pájaro de brillante plumaje, que pareció sentir mi congoja y se aproximó a mi lado. Estallé en llanto por toda la angustia acumulada y le conté lo que le había sucedido a su peludo colega. Al final, de puro agotamiento, me despedí del visitante y me acosté.

Al día siguiente, después de la jornada laboral, me encontré en mi calle a la policía y una ambulancia. Los curiosos allí reunidos contaban que habían atacado al vecino de al lado de mi patio. Mientras trasladaban al herido en una camilla, escuché un graznido: alcé la vista y, posado entre las ramas de un viejo olmo, contemplé al orgulloso cuervo.

Un escalofrío recorrió toda mi espina dorsal. En ese momento supe que todo fue venganza por amistad.

paseo

A los hombres y mujeres con paciencia

Te espero en el portal mientras me enciendo un cigarrillo. Dejo la bolsa en la acera, que está sucia de hojas secas y envoltorios de bollería industrial, cascos de botellas rotas y condones aplastados; restos propios de las fiestas adolescentes de los fines de semana. Te avisto a lo lejos, al final de la calle, caminando apresurada. Como siempre, eres puntual. Cuando te aproximas te disculpas jadeando, yo te tranquilizo. Has llegado a la hora convenida y me alegro de verte. Nos besamos y yo te acerco el tabaco que te habías dejado en el escritorio de mi cuarto, te coloco bien la bufanda alrededor del cuello y rebusco en el fondo de la bolsa de plástico un pequeño paquete para entregártelo. Lo abres y he acertado con el regalo: el último libro de un autor que te encanta, casi agotado. Lo encontré, de pura casualidad, en el escaparate de una librería de esas pequeñitas, con encanto, que están escondidas en los barrios más alejados del centro, y no dudé en comprártelo. Sonríes, me das otro beso en la mejilla y decides invitarme a almorzar por la ofrenda. Yo impongo la condición de que sea en un lugar barato, tenemos que ahorrar porque hay que afrontar tiempos difíciles, y lo sabes. Me das la razón y nos disponemos a emprender el paseo hasta el restaurante de la avenida principal, el más cercano. Tampoco podemos ir más lejos, que mañana toca madrugar. Transcurren diez minutos y siento tu mano acercándose a la mía, la rozas ligeramente. Yo, que noto cómo cada vello de mi cuerpo se eriza al tiempo que me invade un temor instintivo, la aparto discretamente. No vuelves a insistir hasta que estamos a punto de cruzar el parque —te embobas con los perros que ladran y juguetean por el césped húmedo y con los críos que corretean entre los columpios y los toboganes— y, otra vez, tus deditos se aproximan sigilosos a los míos, que se retiran al instante. Con la mosca detrás de la oreja, te detienes y te colocas frente a mí. Suspiro: vamos a discutir. Yo odio los enfrentamientos inesperados, pero me resigno, agacho la cabeza y te escucho. No. No tengo ningún problema. Ninguno. Te lo digo en serio. Mis sentimientos son firmes. No. No es vergüenza. Ya me conoces: soy tímida. Pero resulta absurdo a estas alturas serlo contigo. Para nada. Oye, me cuesta tratar este tema, y más así, en caliente. No. No, no es falta de confianza. En absoluto. ¿Asco? Por el amor de Dios. No, no es asco, por favor, si fuera así, ni me dejaría acariciar. Cálmate. El motivo no eres tú. Estoy segura de ti. No te enfades. Verás, cariño. Es que me cuesta. Sí. Me cuesta. Cuando llevas años dándoles la mano a hombres alérgicos al compromiso y a mujeres con doble cara, cuesta mucho trabajo, mi amor. Cuesta mucho trabajo.

tengo una pistola

Pequeño homenaje a Daniel Clowes

¿Sabéis? Tengo una pistola. La escondo en el cajón más recóndito del armario y la saco todos los días para limpiarla a conciencia con un trapo húmedo. Mi víctima de hoy es mi novio. Bueno, mi ex novio, porque he cortado con él, y dentro de poco vendrá a recoger sus cosas. Mira por dónde, ya está aporreando la puerta. Escondo el arma en el bolsillo trasero de mi pantalón. El muy cabrón arrogante entra a la habitación sin dirigirme la palabra, saca su maleta y empieza a llenarla con ropa, videojuegos y cómics. Yo le observo, furibunda. Cuando ha terminado ni siquiera abre la boca para despedirse de mí. Se va derecho a la puerta con cierta prisa. Yo me asomo al pasillo exterior y veo como se aleja hacia las escaleras. Ha llegado la hora de poner punto y final. Saco la pistola, apunto a su espalda a traición y lo mato. Lo mato en mi corazón. Lo mato en mi cerebro. Y no. No se ha escuchado un disparo de mi preciosa réplica de una Colt 45, tan solo un simple *click* que ha asesinado a un capullo sin escrúpulos. Soy culpable y no me arrepiento. Tantos gilipollas y tan pocas balas... No, tantos gilipollas y que sea ilegal cargárselos de un tiro. Tiros que provocarían pilas de cadáveres de gilipollas innecesarios para este mundo estúpido. ¿Sabéis? Ya me está aburriendo esta pistolita de las narices. Tenía que haberme comprado en la juguetería una metralleta de

esas que tienen sonido para haberle dado un buen susto a mi ex, porque más susto me dio a mí cuando lo
encontré con mi mejor amiga en la cama.

inmortalidad

De lunes a sábado. Madrugar. Preparar el desayuno. Paciencia para soportar el atasco, rezar para no llegar tarde. Soportar la ira del jefe nada más entrar en la oficina. Teclear datos como un poseso. Un descanso de treinta minutos para vaciar el tupper. Regresar a la pantalla. Salir para tomar unas tapas con los compañeros. El largo regreso a casa, conduciendo con cautela. Llegar al apartamento e ir directo a saquear el frigorífico. Ducharme y dormir. Domingos. Levantarme tarde. Arreglar facturas. Llamar a familiares. Leer un libro mientras escucho la radio. Ver un ratito la televisión. Acostarme temprano. Mañana se repite el ciclo. Pero ya no estoy deprimido, hoy comienza una nueva vida. Introduzco el cañón de la pistola dentro de mi boca. Me despido mentalmente de la rutina de esclavo. Cuando apriete el gatillo se extinguirán el miedo, el aburrimiento, la desazón. Asesinar el tiempo con un balazo. ¡Por la inmortalidad!

Entre copas, él presumía de ser un triunfador nato: independiente, emprendedor, generoso. Ella, entusiasmada, aplaudía las hazañas de aquel caballero curtido en mil existenciales batallas. Acabaron la noche, ebrios de alcohol y deseo, en la cama de él. Ella se despertó al amanecer aturdida por los ruidos de una aspiradora que provenían de la habitación contigua. Y sola, el amante se había marchado horas antes para sellar el cartón del paro. En la mesita de noche, una nota de horrible caligrafía no indicaba algún número de teléfono para volver a contactar, sino una sentencia: "lo siento mucho, yo soy un príncipe pero tú no serás jamás mi princesa"; y una postdata: "no molestes a mi madre, márchate enseguida". No tardó mucho en vestirse para huir de aquel castillo ruinoso y dirigirse a un bar, pedir un café con leche y tomar unas pastillas para la resaca. "Otro bufón más", musitó la mujer mientras subía al autobús que la alejaría de aquel barrio periférico. Durante el trayecto, pensó en anular todas las suscripciones a aplicaciones para conocer parejas interesantes. Sacó el teléfono móvil de su bolso. Se entretuvo en inspeccionar perfiles en la pantalla táctil y, cuando bajó en la parada próxima a su calle, ya tenía concertada una cita para aquella misma tarde con un nuevo aspirante. Uno que podría ser el definitivo.

por culpa de una galleta

El oso polar aún permanece rígido frente a una grieta del hielo. El fotógrafo, camuflado entre la nieve y sin mover un músculo, está agotado: lleva horas y horas observando a ese animal raquítico esperando capturar el momento perfecto. El hombre se desespera. También tiene hambre, lo que le obliga a apartar la mirada, tan solo por unos escasos segundos, para sacar algo de comer. De repente, una foca curiosa comete el error de su vida: al salir al exterior para respirar, las poderosas mandíbulas del depredador la atrapan. El fotógrafo maldice la galleta que tiene en la mano: por su culpa, no ha logrado captar ese preciso instante. Solo le queda aceptar otra lección de la naturaleza: hay que ser paciente.

el súper hombre

Menos mal que el guion es tan simple como repetitivo: llego a casa del semental, suelto la típica excusa, me quita la ropa, me soba las tetas, se la chupo, me penetra, me encula y, al final, se corre en mi jeta. Reconozco que no tengo talento como actriz —estudié Filosofía y Letras—, pero lo que sí sé hacer es follar de maravilla. Eso es lo realmente importante en la profesión pornográfica. Después de dos o tres horas de duro trabajo toca descansar, porque siempre acabo con el culo y el coño escocidos y, aunque no soy ninguna novata, cuesta acostumbrarse a tanta embestida. Me ducho con agua calentita, me pongo mi albornoz rosa (con mis iniciales bordadas: todo un detalle por parte del productor), me siento en mi cómoda silla plegable e intento relajarme leyendo a Nietzsche, que me encanta. Algunos de mis compañeros de trabajo, especialmente actores y demás reparto, se parten el culo de risa cuando me ven devorando semejantes tochos "con más pasión que cuando me trago sus trabucos", bromean los muy cabrones. Mi atento director y manager —especializado en películas de muy bajo presupuesto—, me replica cada dos por tres que no debería creerme esas patochadas y demás comeduras de coco, que lea revistas del corazón que son más ligeras, pero es que a mí me excita, sobremanera, el pensamiento del genio alemán. En cada pausa en el rodaje, retomo la lectura de los volúmenes, que pesan entre mis manos. Hoy me ha tocado reinterpretar las páginas sobre el asuntillo del súper hombre. Entre polvo y polvo, a una le apetece reflexionar sobre algo que no tenga que ver con la profundidad de la vagina o ano. Y, joder, qué gran razón tenía el loco de Nietzsche. El súper hombre no es ninguno de estos machos con cincelados músculos, tatuados hasta el escroto, con esas tremendas pollas de venas reventonas que parece que te van a atravesar de parte a parte. El súper hombre —¡qué cojones!— es mi padre. El pobrecito mío, pensionista, tiene que aguantar que su única hija, la niña de sus ojos, trabaje en el porno para poder pagar la jodida hipoteca y las facturas de ese miserable piso en el que vive toda la familia.

Ella frotaba enérgicamente la bayeta en el interior y bordes del bidé. Tenía que borrar todo rastro. Dejó el inodoro reluciente, pero se le resistían las espesas manchas del otro utilitario. Sudaba, se la habían hinchado las rodillas y los nervios la devoraban. *El tiempo se agota*. Intentó tranquilizarse. Tiró la botella de lejía ya vacía a la papelera y sacó el amoniaco y un estropajo de aluminio. Iban desapareciendo los restos de sangre. Suspiró. A pesar del fuerte olor, aguantó las náuseas como una valiente, e insistió. Resultó una combinación eficaz. Ya no había de qué preocuparse, ya no había huellas de lo sucedido en aquel cuarto de baño. Sintió una arcada. Se levantó apresurada, tapándose la boca, salió del lugar y arrojó el asco en el cubo de la fregona. Maldijo por lo bajo. Entre su olfato irritado y la imagen del trozo de carne sanguinolenta que había espulsado aquella misma mañana en el váter, no pudo reprimir otra sucesión de vómitos. Con un tremendo dolor de garganta, y aferrada al recipiente que mezclaba agua sucia y restos digestivos, sintió, sin embargo, un gran sosiego. Ya no tendría que molestarse en ir a la clínica a erradicar el problema. Ya no tendría que soportar los amenazantes "como te quedes preñada, te dejo" del novio, que estaba a punto de llegar al piso.

"Ánimo", se dice a sí misma cuando se aproxima el primer cliente. Saludo educado con sonrisa forzada. Uno a uno, va colocando los productos en la cinta transportadora para pasarlos por el lector. De repente, un pitido indica no reconocer el código de barras de una lata de tomate en oferta. Teclea torpemente los números en la caja registradora. ERROR. Otro intento. ERROR. "Mierda", murmura ante la mirada de aquel hombre, que deja de extraer cosas del carrito de la compra. El orgullo no le permite excusarse con "perdone usted, es mi primer día". La máquina no da su brazo a torcer: ERROR. Con los dedos temblorosos, marca el teléfono del supervisor mientras la fila de personas impacientes aumenta. Algunas resoplan por la incompetencia de la recién incorporada al puesto, otras miran sus relojes de muñeca. El superior se retrasa y ella se siente pequeña. Se traga las lágrimas, pero se mantiene firme. *Es más fácil escribir.* Sí. Es muy sencillo escribir poemas, pero publicar libros, ganar premios, convertirse en una promesa de tu generación y formar parte de una élite que reparte entradas al parnaso literario a cambio del honor no lo es tanto. No, tampoco es fácil sobrevivir en la realidad con sudor, dolores de espalda y de cabeza. Allí, indefensa y humillada, es solo una empleada más que tendrá que aguantar la desaprobación de jefes explotadores y clientes desagradables, broncas con compañeros que no dudarán en pisotearle el cuello en un descuido, horarios abusivos y un sueldo miserable. Dentro de aquel supermercado, la poeta se siente indigna, pero las malditas facturas no se pagan con el talento. *Welcome, poet, welcome to the real world.*

necesidad

El pequeño Ramón apuró con trocitos de pan la poca salsa que quedaba en el plato. Se los llevaba a la boca con ansia, chupeteándose los dedos complacido. El estofado estaba delicioso. Doña Rosa se entristeció cuando el niño exclamó que seguía teniendo hambre. Esta le enseñó la olla vacía y el chiquillo se resignó, acostumbrado a la escasez, y prefirió pasar al postre, que era un yogurt de frutas caducado. La señora felicitó al que había preparado la suculenta comida, su esposo, don Gustavo, que desde el sillón de la salita, con una cerveza en la mano, observaba a su familia en silencio. Por suerte, otro día más habían podido probar bocado, otro día más que evitarían la visita al comedor social, último recurso, tal y como reclamaba doña Rosa si las circunstancias se torcían, pero que no aprobaba el orgullo del padre. Este no había querido acompañar a su esposa y a Ramón por falta de apetito. La mujer, mientras recogía la cocina, le regañó porque no quería que acudiera borracho al trabajillo. Le dijo que si continuaba bebiendo se pondría malo. Él la ignoró, con los ojos fijos en la pantalla del televisor. Molesta, la mujer le arrebató la lata de cerveza, increpándole de nuevo por abusar del alcohol. Él refunfuñó por lo bajo, sin mirarla a la cara, frunció el ceño, cruzó los brazos y siguió embobado con las noticias deportivas. Doña Rosa acostó al chiquillo en su cama. Este insistió en que le contara su cuento favorito y la madre no se pudo negar. Sacó un libro y empezó a leer, esperando a que se le cerraran los ojitos. Cuando se quedó profundamente dormido, lo cubrió con el edredón y, arrepentida por su actitud con el buenazo de Gustavo —el hombre con el que había compartido más de quince años de su vida, el que cumplía con su papel de padre de familia a la perfección—, le buscó para disculparse. Y allí seguía, en la salita, con un vaso de whisky barato en la mano. Doña Rosa fue cariñosa. Le besó en la frente y le acarició el rostro. Su marido padecía una depresión severa que, por suerte, podían tratar gracias a la caridad de los seres queridos. Él se dejaba llevar por los mimos, hasta que rompió a llorar. Agradeció a doña Rosa su paciencia infinita. Escupió, decaído, que estaba hasta los cojones del desempleo, de la medicación de genéricos y sus nulos efectos, de sentirse un fracasado por no conseguir lo suficiente para que su hijo pudiera repetir plato las veces que le apeteciera. Ella lo abrazó, comprensiva, aunque le disgustaba el carácter derrotista de Gustavo. Le tranquilizó confesándole que se sentía muy orgullosa de él, que era un hombre honrado y trabajador, un ejemplo a seguir para el niño, que no era ningún inútil, porque le ayudaba mucho con las tareas domésticas, e incluso bromeó con que, gracias al paro, se había descubierto a un genial cocinero en la casa. Don Gustavo, muy serio, enmudeció, pero doña Rosa, más optimista, seguía apoyándolo. Era cierto que el misérrimo subsidio por desempleo se había agotado hacía meses, pero confiaba ciegamente en él, pues era un buscavidas que sabía hacer de todo, un auténtico manitas que, con chapuzas eventuales, conseguía reunir lo necesario para llenar el estómago. El pobre hombre, agobiado, se escapó de los brazos de su mujer y de un trago acabó con el whisky. Corrió hasta el frigorífico y sacó una botella de vino, se sentó en un destartalado taburete y allí se quedó, bebiendo a morro con la mirada perdida. Doña Rosa desistió de seguir animándolo, no valía la pena hablar con una pared. Muy cortante, le comunicó a su marido que antes de visitar a los abuelos se echaría una larga siesta. La mujer se encerró en el cuarto de matrimonio y don Gustavo se quedó a solas con sus pensamientos en la cocina.

Transcurrieron las horas. Doña Rosa se había marchado a la residencia de ancianos y el muchacho estaba jugando en casa de uno de sus amiguitos del colegio. Nada más concluir la limpieza del comedor y los cuartos de baño, don Gustavo cogió la bufanda y el abrigo del perchero y se preparó para ir al trabajo. Recorrió la ciudad hasta llegar a las afueras, penetró en una de las callejuelas estrechas y se aproximó a un muro pintarrajeado con horribles grafitis. Detrás de unos cubos de basura había una cartera de cuero negro. En su interior, piedras, bolsas de basura, trapos, una petaca y distintos tipos de cuchillos de carnicero. Se metió en uno de los bolsillos un pedrusco grande y en el otro la petaca. En el cinturón, un puñal afilado. Cargó a la espalda la cartera y vagabundeó por aquellos barrios con todos sus sentidos alerta. Al rato, atisbó, entre las sombras, movimiento: un gato. Se escondió detrás de unos contenedores acechando al animal que, distraído, merodeaba unos restos de comida desperdigados por el suelo. Sigiloso, apretó los dientes, empuñó el mango del arma blanca y, con un movimiento ágil, atrapó al animal. Este, asustado, empezó a dar arañazos y mordiscos al aire en un intento desesperado por zafarse. Un alarido, que hizo eco en el callejón, marcó el final de la lucha. Un tajo preciso, rápido y limpio en el cuello del felino. Naturalmente, don Gustavo iba perfeccionándose en su trabajo secreto como cazador, y cada vez le resultaba más sencillo capturar sus presas. El hombre abrazó apenado al pobre gato, y le pidió perdón, pidió perdón para sus adentros, pidió perdón por ser un cabrón, un ser humano abominable que acuchillaba animales abandonados para alimentar a su familia. Colocó el cadáver sobre un trapo y se concienció de que disponía del tiempo justo para despedazar y guisar el bicho. Apurado y tenso, cogió uno de los cuchillos especiales para cortar huesos que estaba en la cartera de cuero, pero aquella noche él no se encontraba en condiciones. Sintió arcadas y tuvo que incorporarse para vomitar en un rincón. Y allí, de pie, sacó la petaca del abrigo. Necesitaba un trago para distraer la repugnancia que le suponía cortar en pedazos el felino. Era carne, necesaria carne, con nutrientes y proteínas para evitar que la anemia se cebara con su hijo, para que no enfermara su mujer. Alzó la vista al cielo: empezaban a caer las primeras nieves del invierno. Tembló de frío. De puro miedo, no pudo remediarlo, estalló y gritó. Gritó a pleno pulmón, con las manos llenas de lágrimas y sangre. Se cagó en el puto país, en la puta crisis, en los putos políticos, en el puto paro, en los putos empresarios que le rechazaban, o bien por su edad o por su ridículo currículum. Todo por la puta subsistencia. Todo por Rosa y Ramón, su amada esposa e hijo, que llevaban meses ignorando que consumían carne de animales callejeros y que él mismo cocinaba con asco y amor.

los ojos del pescado muerto

Me prometí hacer vida sana, comenzando por la dieta. Por eso, después de concluir mi sesión maratoniana de estudio en la biblioteca, fui a la nueva pescadería del barrio pues, según las chismosas de mis vecinas, tiene buenos precios. Cuando llegó mi turno y la pescadera me preguntó qué deseaba, yo permanecí indecisa por la variedad y frescura de lo expuesto en el mostrador. Sin embargo, al contemplar los ojos del besugo, sentí un temblor inexplicable que recorrió toda mi espalda. Al final inventé una excusa tonta para marcharme de allí con las manos vacías. Ahora, en casa, mientras aliño una ensalada y planifico las salidas al parque para hacer ejercicio, reconozco la mirada del pescado muerto. Era idéntica a la de aquella mujer que me suplicó que no la abandonara, pero que dejé porque mi futuro depende de unas malditas oposiciones y no de su afecto.

el [inconfesable] crimen de chinaski

El poeta se percató de que un inesperado visitante se había colado por la ventana para posarse en la mesita de noche. Desde el otro lado del despacho, sentado en el escritorio, observó al recién llegado. Extrajo del cajón un tosco pisapapeles para arrojárselo, con tal puntería que impactó en el cuerpecito de la criatura, que cayó fulminada al suelo. "Putos bichos", masculló mientras colocaba un folio en el rodillo de la máquina de escribir. Horas después, el gato apareció en la habitación. Merodeó el cadáver en su charquito de sangre, lo olisqueó para luego menospreciarlo. "Hasta mi gato detesta las metáforas", murmuró. Dejó de teclear sobre apuestas hípicas, empleos fáciles y pubis de mujeres y agarró la botella de whisky escocés para brindar por el felino, más concentrado en lamer sus genitales que en el pájaro de precioso plumaje azul que alimentaría las ratas de aquel ruinoso apartamento.

la tristeza de los pingüinos

El padre accedió, por un capricho infantil, a realizar una excursión al zoológico. Nunca se sintió cómodo entre jaulas, quizás porque fue funcionario de prisiones durante décadas. Tampoco le agradaba ver a los animales fuera de su hábitat natural y privados de libertad para divertir a los seres humanos. Por su parte, la hija sí disfrutaba de la visita. Devoraba palomitas de maíz, iba correteando de un lado para otro con los globos de helio que le habían comprado, leía en voz alta los paneles informativos sobre la fauna de cada recinto y contemplaba, embobada, a las gacelas, monos, guacamayos, serpientes, leones, focas marinas, delfines y resto de animales. Al llegar a la sección de especies polares, la niña se apoyó en el borde del estanque para contemplar a los simpáticos pingüinos, tan torpes caminando por la superficie helada y tan ágiles para nadar bajo el agua. La pequeña fijó su atención en uno que permanecía apartado del resto. Minutos antes, el padre había escuchado, por parte de trabajadores del recinto, comentarios acerca de ese mismo animal: parecía ser que su pareja había muerto hacía pocas semanas y por eso, el pobrecito, se escondía en los rincones del acuario, apenas comía, apenas se zambullía con sus hermanos y a ratos graznaba, desorientado, como buscando a su compañera entre el hielo. La chiquilla se dirigió a su padre y replicó: "mira, papá, el pingüino está triste". Él se limito a asentir, conmovido por el comportamiento del ave, cuyos graznidos parecían lamentos. Minutos después, por suerte para el padre, los altavoces anunciaron el inminente cierre del centro. El buen hombre, por temor a incumplir los horarios pactados con su ex mujer, agarró la mano de su niña y caminaron, sin prisa, en dirección a la salida. Ella rogó para regresar el próximo fin de semana, porque no había llegado a ver a los hipopótamos y los cocodrilos, pero él, mientras la subía al coche, incapaz de prometer prefirió callar. La verdad es que no le apetecía volver a reencontrarse con aquel pingüino solitario con el que, curiosamente, se identificaba.

poder

Te sientas en la silla. *Quítate la dentadura.* Obedeces sin rechistar. *Deja que te ponga el babero.* Te muestro la cuchara. *Vas a comértelo todo.* La papilla de verdura entra en tu boca. Tragas. *Eso es, muy bien, venga, otra.* Vuelves a tragar. *Abre más la boca.* Así haces. Así hacía yo cuando me colocabas entre tus piernas y sí, podría meterte la cuchara hasta la garganta, como tú hacías. En tu paladar, el sabor de la derrota: me observas con tus ojos hundidos, en silencio. Ya no reconoces a la niña de la que abusabas, ya solo te queda esta triste enfermedad senil. Te limpio con una servilleta las comisuras de los labios. Ahora tengo poder sobre ti. Retiro el plato vacío. Podría envenenarte, podría agarrar tu cuello y apretar hasta la asfixia. Saco de la nevera una pieza de fruta, la corto en pedazos pequeños. Con este cuchillo clavado en tu pecho podría cortar de raíz con el pasado. Coloco en tus manos temblorosas los trocitos de manzana. Los masticas despacio. Yo me limito a recoger el mantel y limpiar la mesa con un trapo. No son los malditos lazos de sangre los que me impiden matarte. Cuando el poder se convierte en misericordia, ya solo queda el olvido.

¿de qué se rien las hienas?

Los eternos rivales de los leones devoran una cebra. Mientras la manada entre el pasto verde despedaza el cadáver, a distancia, los turistas en un camión contemplan, entre fascinados y horrorizados, aquel espectáculo de hocicos sangrientos y risas siniestras. Y sí, las hienas en realidad se burlan de aquellas criaturas obesas, de pieles abrasadas y cámaras de fotos. Saben que no hay muchas diferencias entre el ser humano y ellas: somos igual de grotescos, carroñeros y depredadores.

Al norte del continente africano vive el fenec. Los fenec son animales solitarios, pocas veces al año buscan compañía para aparearse. Tan feroz como tierno, esta diminuta criatura caza alacranes y serpientes. Gracias a su pelaje color arena se camufla para despistar a los depredadores y, antes de los descensos drásticos de temperatura al anochecer, se refugia en cualquier rincón del desierto. El espectador de este documental pensará "pobre zorrito, qué vida tan dura": come solo, juega entre las dunas solo, duerme solo. No juzgará a quien está mirando la pantalla, con su existencia basada en una dieta de carne una vez a la semana a causa de la inflación de precios, en trastear con facturas impagadas que se acumulan peligrosamente en el buzón o en compartir lecho con otro ser por el que probablemente no sienta absolutamente nada. En fin. Cosas de *homo sapiens sapiens*, supuestamente superior

estigmas

Acudo todos los domingos a misa, aunque yo odio las iglesias. Solo vengo a acompañar a mi anciana madre, creyente cristiana hasta la médula. Nos sentamos en primera fila. Ella recita de memoria las oraciones, yo agacho la cabeza y mantengo la boca cerrada. Me cansa la reiteración acerca de la bondad de Dios, Jesucristo y todos los santos. Me cansa tanta hipocresía. Cuando concluye el oficio religioso, contemplo al crucificado y al párroco que me sonríe. Clava sus arrugados ojos grises en los míos. La calumnia más triste del mundo estaba allí, junto al hombre de la sotana y el alzacuello. Ese era Cristo, ese supuesto ser que se apiada de los inocentes pero que no tuvo el coraje de ayudarme cuando el puto cura me acariciaba los genitales por encima de la ropa después de la catequesis. Y mamá, cuando nos marchamos de aquel maldito lugar, no se percata de cómo me despido del testigo impasible de mis estigmas y me reservo las palabras más blasfemas cuando aprieto los puños de pura rabia.

amistad

Le conoció en un concurrido parque de las afueras de la ciudad. Él era un poeta treintañero, cargado de ilusiones, y su nuevo amigo, un anciano que había destacado en el ámbito poético de otra época. Todas las tardes, entre cafés fríos y cigarros, sentados en alguno de los bancos bajo los cipreses, dialogaban, con entusiasmo, sobre su gran pasión: la literatura. El muchacho disfrutaba con las entretenidas vicisitudes del maestro —así lo llamaba por respeto— acerca del complicado mundillo artístico de sus tiempos, que no diferían demasiado, y el viejo escuchaba mil anécdotas acerca de la cultura local, sus entresijos, acaparada por una pandilla de niñatos que vivían del erario público. Un día de otoño, superada la desconfianza, el aspirante a rapsoda se atrevió a entregarle un manuscrito para ver si era factible su publicación, pues había probado suerte en prestigiosos certámenes sin éxito, y confiaba en que su experimentada amistad recurriese a contactos para apoyar a una joven promesa. Tras la despedida, el chico regresó a su hogar y, en su mirada, el brillo de la esperanza. Quizás aquella era la gran oportunidad que había estado esperando para demostrar su talento. Por su parte, el maestro caminó hasta llegar al hospital, se detuvo frente a una papelera, arrojó aquella encuadernación fotocopiada que había supuesto semanas de trabajo a un chaval con delirios de grandeza, más interesado en la charlatanería que en lo realmente importante: escribir. "Solo los locos poseen el don maldito de la poesía", musitó mientras apagaba un cigarrillo y esperaba, paciente, a los dos enfermeros que, como cada noche, lo recogerían para acompañarlo a su habitación en la planta de psiquiatría.

EPÍLOGO

un charco inmundo

Mientras escribo estas palabras intento vislumbrar tu futura reacción, querida lectora o lector. Y me parece oír el suspiro de descarga, la exhalación de la tristeza acumulada relato a relato, personaje a personaje. Muchos de ellos os habrán causado una profunda repulsión; teméis que tanta mezquindad os contagie y quizás os estéis preguntado si, en caso de imperiosa necesidad, seríais capaces de robar a un bebé muerto su preciosa cadenita. Otros despiertan compasión y os han hecho sentir a salvo en vuestra atalaya de privilegios, a años luz de tanto infortunio. Y volvéis a suspirar, esta vez de puro alivio, cómodos, condescendientes, cínicos.

Sí, cinismo porque, en mayor o menor medida, todos hemos sido impostores en algún momento de nuestra existencia para salvarnos, para divertirnos, para pasar desapercibidos o para pavonearnos. En estos relatos abundan los embusteros de todos los géneros: el ama de casa abrumada por las penurias que esconde en el carrito de la compra su gran secreto, que es un disfraz de ricachona que le permite pasearse todas las mañanas, ufana y feliz, por los pasillos de unos grandes almacenes de postín; el repartidor de comida versus galán a tiempo parcial; el "juntador" de palabras que se cree un gran poeta, y hasta un triste autoengaño, misiva tras misiva, fruto de la soledad más absoluta.

También asoman la ternura, la candidez y la bondad. Y Ana Patricia Moya, como esa adorable abuelilla anclada en sus recuerdos de infancia, también nos ha dejado bajo la almohada cinco euros de esperanza. Un momento de debilidad, y ya sabemos que toda la inmundicia que ha desparramado la autora por estas páginas está al otro lado de un caparazón de acero con fondo de chocolate que la protege, la aísla, la preserva.

Como Raymond Carver, escéptica de las bondades de los humanos, la autora nos muestra una sociedad a través de sus perdedores, de sus almas y su sufrimiento. Y no siempre son solo víctimas: la rabia y el resentimiento son armas muy peligrosas, perfectas para la creación de verdugos sin escapatoria, sin esperanza. Unos y otras alivian su fracaso sorbo a sorbo en alcohol barato; mentirosos ocasionales o compulsivos; héroes y heroínas que dejan la piel para salvar los pocos restos del naufragio. Poetas insomnes e incomprendidos con las paredes de sus casas y de sus corazones pintadas con tinta invisible con proclamas sobre el ego y la frustración. Pero, al contrario que Carver, Ana no sintetiza ni recurre a las elipsis. Lo que ella abrevia en sus poemas aquí se expande, se recrea para no omitir detalles: el dolor y el objeto que lo produce, la mano que blande el objeto, el cuerpo que mueve la mano, el espacio que acoge el cuerpo, las circunstancias, el ecosistema, la sociedad agónica e injusta.

Nos gusta recrearnos en el charco inmundo; amamos la catarsis, necesitamos a los perdedores para engordar nuestras pequeñas victorias. Y no nos interesan las florecillas del campo, las princesas prometidas.

Ya hemos abandonado la ingenua y estéril admiración por los hombres que vuelan, trepan o se tiñen iracundos de un horripilante color verde-moco creciendo todo él menos su pantalón hecho jirones. Aquí, en estos renglones rectos de vidas torcidas, los súper hombres y las súper mujeres son los pensionistas que no llegan a fin de mes, los parados de larga duración, los solitarios, las ilusas...

Los verdugos y villanas son de sobra conocidos y aquí lucen con esplendor algunas de sus innumerables miserias: *Fábulas urbanas*.

Julia Navas Moreno

ÍNDICE

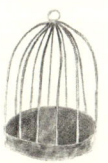

Este libro se imprimió
en Navarra a finales de
febrero de 2026